나를
넘어뜨리지
않기

나를 넘어뜨린 나에게

ⓒ 고현정

차마 죽지 못해 써 내려간 인생 반성문

나를 넘어뜨린 나에게

고현정 지음

에픽스토리
미디어허브

이 책에서 말하는 대상은 인용한 문장 자체입니다. 그 문장을 품고 있는 책이 주는 의미와 저자의 논점과는 별개로 인용한 문장에만 그 의미를 지닙니다.

또 인용한 문장에서 파생한 필자의 생각을 써 내려간 것이므로 전체 책과 그 맥락에 반드시 동의 하거나 필자의 의도를 동일시 하는 것이 아님을 밝힙니다.

Chapter.3 나를 넘어뜨린 나에게

Chapter.4 천천히 죽어가기

부디, 그렇게 해 주십시오.

 유난히 아프고, 힘겨웠던 2023년 여름을 지냈습니다.
 하늘이 무너졌다고 생각한 게 처음은 아닌데, 이번에는
일어설 수 없을 것 같았습니다. 사람을 잃고, 일을 잃고,
존재 의미를 잃었습니다. 무엇이 어디서부터 잘못된 것
인지 찾을 수 없는데, 원망할 것이 자신뿐이었습니다. 내
발 등을 찍어낸 믿는 도끼가 나였습니다.
 넘어지고 나서는 인과관계를 따질 수 없는 나쁜 일들이
한꺼번에! 순식간에! 마구! 몰려왔습니다.
 눈을 뜬 아침을 원망하며 하루를 시작하고, 울다가 앞
도 내다보기 어려울 만큼 눈두덩이 부어올라 잠들었습
니다. 꿈에서는 아침이 오지 않기를 기도했던 그 여름.
 붙잡을 것이 없고, 기댈 곳이 없을 때. 고통에 몸부림
친다는 것이 이런 것이구나, 생각될 때. 책장에 꽂힌 한
권의 책에 눈이 가닿았습니다.
 허지웅 에세이 【살고 싶다는 농담】. 그가 쓴 글의 팬

이었고, 그의 투병에 대해 알게 되고, 그의 삶을 응원했습니다. 저자는 '천장과 바닥'이라 제목을 단 글의 끝에 이렇게 적었습니다.

"그 밤은 여지껏 많은 사람들을 삼켜왔다. 그러나 살기로 결정한 사람은 결코 집어삼킬 수 없다. 이건 나와 여러분 사이의 약속이다. 그러니까, 살아라."

'맞다, 나 허지웅 작가랑 약속했지.' 문득 그 약속이 떠올라 책을 다시 한번 집어 들었습니다. 2020년 8월에 했던 그 약속을 기억해 내고 가까스로 일어났습니다.

2023년 8월이었습니다. 그리고 고통이나 두려움이 몰려들 때, 울음이 삼켜지지 않을 때, 그래도 죽을 것 같다는 마음이 기어 올라올 때마다 책을 붙들었습니다. 장르 구분할 것도 없고, 표지가 예쁜지 판단할 것도, 제목이 주는 의미를 짚어보는 일도 필요 없이 그저 닥치는 대로 나의 고통과 두려움으로부터 그리고 울음과 죽음으로부터 책으로 도망쳤습니다.

어린 시절부터 책 읽기로 어디서 빠지지 않는다고 생각

했습니다. 어쩌면 나는 책을 읽는 내 모습을 좋아한 건지도 모르겠습니다. 허영심으로 내가 책을 읽고 있는 상태를 사랑한 거였는지도 몰라요.

 그런데, 글자 하나하나가 일어나 말을 걸고, 문장들이 살아서 걸어오는 것 같은 경험이었습니다. 살아보라고, 살아내라고.

 뭉클했습니다. 그런 경험에서의 느낌을 고스란히 전할 수는 없을지도 모르겠습니다. 그러나, 나를 살려준 문장들과 그 문장들을 전해준 저자들에게 깊은 감사를 느낍니다. 그 감사의 마음을 잘 담아보겠습니다.

 나를 살린 문장들이 누군가를 똑같이 살릴지는 모르겠습니다. 그래도 누군가 지금 절망에 빠져 있다면, '책을 한 번 읽어 볼까?' 생각할 수 있도록 문장을 만난 경험을 공유하고 싶습니다. 같은 문장이 같은 감정을 느끼게 할지, 다른 문장이 그 같은 감정을 느끼게 할지, 다른 문장에서 또 다른 감정을 찾아낼지는 각자의 상황과 상태에 따라 다르겠지만, 부여잡을 것이 없다고 생각될 때, 책을 한 권 손에 들어 보시라, 꼭 전하고 싶습니다.

 유려한 표현보다는 정직한 글로 감동받았던 경험을 잘
전달해 보겠습니다.

 꼭, 살아 주시라고.

2024년 6월 고현정

Chapter1.

반성문을 쓰다

눈부시게 아름답던 그날,
나는 죽었습니다.

그날, 나는 예쁘게 차려입었고, 햇살이 따사로웠고, 바람이 살랑거렸고, 정체 없이 도로는 한산했고, 마주치는 사람마다 친절했고……

나는 그들을 향한 마음 깊은 우정과 애정을 담아 그들에게 선물할……것을 사서 예쁜 포장을 부탁했다.

유난히 음식이 맛있었고, 웃음이 끊이질 않았다.

이야기마다 공감을 주고받았고, 손뼉을 치며 깔깔거렸다.

깊은 유대감이라는 것을 온몸으로, 세포 하나하나까지

> 세상에서 가장 아름다운 것이 가장 잔인한 것일 수도 있
> 다. 날씨가 화창한 날에는 태평양만큼 고요하고 잔잔한
> 바다가 없다. 그러나 이 나긋나긋한 바다가 세상에서 가
> 장 거센 폭풍, 즉 태풍의 원천이 되기도 한다. 구름 한 점
> 없는 하늘에서도 태풍이 일면 순식간에 넓은 바다 위에
> 폭탄이 터진 것과 같은 폭발이 일어날 수도 있다.
>
> 【모비딕】허먼 멜빌 지음 | 하소연 옮김 | 자화상 펴냄

전해지도록 느꼈던. 인생에 드문……나는 그날, 그 자리
에서 그들을 모두 잃었다.

  그들을 부수고, 나를 깨뜨렸다. 절망의 피가 우리 모두
를 흠뻑 적셔 눈조차 뜰 수 없었다.

  이제, 그날의 이전에 존재했던, 그들과 나로. 우리
로…… 결코 돌아갈 수 없다.

  그들은 부서졌고, 우리는 깨어졌다.

  눈부시게 아름답던 그날, 나는…… 죽었다.

수호천사를 만난 적이 있나요?

2023년 여름.

극심한 고소공포증이 있는 나는 평소 블라인드를 잘 걷어 올리지 않고 생활하는 편이다. 베란다로 나가 블라인드를 끝까지 걷어 올리고 아래를 내려다봤다. 그 높이가 두렵지 않았다. 뒤돌아 캄캄한 방으로 들어가면 그곳에 더 무서운 괴물이 살고 있기 때문이다. 나를 집어삼키려는 후회와 두려움이 만들어낸 '공포'라는 괴물.

코로나19 확진으로 육체적 고통까지 더해 그야말로 불

안에 나의 온 영혼을 잠식당했다.

초인종이 울려 퍼뜩 정신이 들었다.

자그마한 택배 상자에 책이 두 권 들어있었다. 나에게 화를 내기도 하고, 모든 상황을 답답해하기도 했지만 나를 비난하거나 등을 돌리지 않은 친구가 "이거나 읽고 있어." 하며 보낸 것이었다.

일도 하지 않고, 사람도 만나지 않고, 커튼도 걷지 못한 채 책만 부여잡고, 읽으려고 사는 사람처럼 읽고, 울고, 읽다가 울고, 울다가 읽고 있던 내게 참 좋은 응원 메시지 같았다.

구소련의 양자물리학자였던 바딤 젤란드의 저서 【리얼리티 트랜서핑】 이었다. 저자의 과학적 지식과 더불어 다중우주 이론을 토대로 해석한 확고한 주장을 담은 자기 계발서이다.

우주는 에너지로 이루어진 일종의 트랙 섹터를 가지고 있으며, 긍정적인 트랙으로 또는 부정적인 트랙으로

갈아타는 것은 개인의 선택에 달렸다고 말하는 책이다.

저자의 이론에 따르면 나는 고통에 몸부림치며 두려움에 휩싸여 자기 파괴적이고, 매우 부정적인 트랙으로 빨려 들어가기를 결정했고, 그것이 현실로 실현되는 중이었다.

영화 매트릭스를 만든 워쇼스키즈나 크리스토퍼 놀런 감독의 영화들에 열광해 본 적이 있어 소설을 읽듯이 꽤 집중력 있게 읽을 수 있었다. 다행이었다.

현실은 여전히 고통스럽지만, 책을 읽고 있는 동안에는 저자가 풀어내는 이야기에 집중해 고통을 잠시 잊고 일종의 '괜찮은 상태'에 놓일 수 있었다.

3권으로 이루어진 시리즈의 저서 중 두 번째 책을 한창 읽고 있을 때, 늦은 나이에 얻은 아들 덕에 웃을 일이 끊이지 않는 친구에게서 전화가 걸려 왔다.

'아무 일도 없는 것처럼 목소리를 낼 수 있을까?', '그냥 받지 말까?' 하며 잠시 망설였지만 겨우 밝은 목소리를 만들어 냈다.

친구가 "별일 없지?" 물었고, "아이~ 그러……엄! 별일은 무슨 별일!" 하는데 목구멍이 막히고 울음이 터져 버렸다.

별. 일. 없. 지. 네 글자 음성에 겨우 붙들었던 일종의 '괜찮은 상태'가 또다시 무너졌다. 한참을 아무 말도 못하고 엉엉 우는 나를 채근 없이 조용하게 들어주던 친구에게 가슴 깊이 감사를 느꼈다.

평소와 다름없는 차분한 투로 "뭔 일이야?" 묻는 친구에게 나는 물었다.

"너는 내가 사람을 죽였다고 해도 내 얘기 들어줄 거지?"

오랜 세월을 함께한 친구에 대한 믿음도 있었지만, 너만은 내 편이 되어달라는 암묵적인 부탁도 들어있었다.

잠시의 망설임도 없이 친구는 "그럼!" 했고, 나의 얘기를 다 듣고 난 친구는 "별것도 아니 구만 뭘 울어. 해결

할 수 있는 일에 눈물 쏟지 말고. 내가 도울 일 있음 뭐든 할 테니까 그만 울고, 소주 마시러 나와." 라고 했다.

그날 나는 잠시 위안받았고, 잠을 좀 잤다.

그날부터였던가, 이미 그전부터였나? 믿기 어려운 일들이 벌어지고 있었다. 오해가 분명하다며, 뭔가 잘못된 일 일 거라며, 괜찮아질 거라고, 응원의 말들이 들려오기 시작했다.

책을 보내 준 친구도 어쩌면 가장 먼저 내게 등을 돌렸어도 할 말 없었을 친구다.

나는 사실, 친구의 말에 '그깟 일? 내 고통이 우습나?' 라고 비틀어 생각할 수도 있는 사람이었다.

나는 평소 "힘들어 죽겠는 사람한테 힘내라는 말을 하는 것도 일종의 폭력이야!" 라는 식의 말을 많이도 쏟아내던 사람이었다. 인간은 본디 악한 존재라고, 인류를 구원할 희망은 오직 종말뿐이라는 생각과 말을 달고 살았던 내게, 어떻게 그 사람들의 말이 위안이 되었던 것일까? 왜 평소처럼 비틀어 생각하거나 비꼬지 않고 진정한 응원으로, 따뜻한 내 편으로 받아안을 수 있었던 걸까? 나를 비난하고 고통으로 더 몰아넣을 줄 알았던 사람들이 그렇지 않다고 말해 주고 있을 때.

나는 어쩌면 수호천사를 만났던 것이 아닐까?

그들은 개인의 행복에는 관심이 없다.

당신의 수호천사는 오로지 당신만을 돌본다.

【리얼리티 트랜서핑2】 바딤 젤란드 지음 I 박인수 옮김 I 정신세계사 펴냄

그때가 바로 나의 수호천사가 나를 돌본 순간이 아니었을까? 하고 생각하게 만든 문장이었다.

그리고 이어지는 내용에 감동해 많이 울었다.

≪천국에서 신을 만난 한 사내의 이야기가 있다. 신이 그가 걸어온 한 평생을 보여주었다. 그의 곁에는 늘 함께 걸어온 신의 발자국이 나 있었다. 그런데 그가 가장 어려움을 겪었던 시기에는 발자국이 한 사람의 것밖에 보이지 않았다. 그래서 그는 신을 향해 원망스럽게 따졌다. "제가 가장 어려웠던 때 당신은 날 버렸군요!" 그러자 신이 대답했다. "오해 마라. 그건 네 발자국이 아니란다. 난 널 안고 있었지."≫

물론 정신적으로 힘들어 약해질 대로 약해진 정신 상태에서는 가스라이팅을 당하거나 사이비 종교에 빠질 수 있는 가능성이 높아진다는 것도 잘 알고 있다. 나는 종교적 신에 대해 이야기하고 싶은 것이 아니다.

평소 시각에서 달리 보이고, 들리지 않던 것들이 들리는 경험. 그것을 넘어 생각을 완전히 바꿀 수 있는 경험의 시작이었다.

내가 또 죽지 않을 수 있게 한 그 순간! 나를 살아남게

한 그 순간을 이야기하고 싶은 것이다.

책을 읽었을 뿐인데……

기억을 짚어 인생을 돌아보면 '절체절명의 위기'라고 생각되는 순간들이 있었다. 물론 지나온 지금 생각하면 '그게 뭐 그리 어렵다고 그렇게까지 힘들어했나.' 싶은 생각이 들기도 한다. 하지만 당시의 나에게는 온 우주가 사라지는 것과도 같은 느낌이었다.

그렇게 힘들 때면 '아, 죽으라는 법은 없구나.' 하며 가슴을 쓸어내리고, 다행 삼아 한 걸음 더 나갈 수 있게 만드는 일이 일어났다. 실제로 나는 '죽으라는 법은 없구나.'라고 꽤 자주 생각했었다.

직장인 시절 같은 분야에서 일을 하고, 나이도 같고, 비슷한 위기를 함께 겪으며 유대감을 쌓은 동료 하나가 기억났다.

내가 연애 문제로 골치 썩으면, 마찬가지 문제로. 금전적 문제로 괴로워하면 역시 비슷한 상황으로 위기에 놓였다. 상사와의 관계 때문에 하루하루가 고달프던 때는 그 상사 때문에 같이 괴로워하는 동료였기 때문에 '운명 공동체'라며 많은 술잔을 기울이고 많은 이야기를 나누며 위기를 극복해 갔다.

"정말 네 말대로 죽으라는 법은 없는 것 같아." 친구의 말에 나는 갑작스러운 위기감 같은 것이 느껴져 말했다. "어쩌면, 그 죽으라는 법은 없구나, 하는 생각이 우리를 더 가로막고 있는 걸지도 몰라. 더 할 수 있는데 딱, 하던 만큼만 하는 거잖아. 큰일 안 날 거 같은 정도만. 그런 생각 안 해 봤어?"

나는 대답을 듣고 그 동료와 서서히 멀어질 준비를 했던 기억이 난다. "와, 넌 그래도 그런 쓸데없이 진취적인 생각을 아직 한다. 젊네, 젊어!" 그때 불과 서른 중반의 나이였는데, 왜 그렇게 일찍 뭔가를 덮어두고 포기해 버렸던 걸까?

나는 그때도 '이미 최소 두 번 이상의 수호천사를 만났던 것이었겠다.'라는 확신이 들었다. 가까스로 당시의 위기들을 넘긴 때. 그리고 그 동료와 멀어지리라 마음먹을 수 있었을 때.

그때는 몰랐었기 때문에 아쉬운 마음이 들지만, 적어도 지금은 안다. 그것이 진짜 수호천사이든 아니든 상관없이, 나의 수호천사는 다른 누구도 아닌 나만을 지킨다는 것을.

모두가 자신만을 돌보는 수호천사가 있을지도 모른다는 것을 알게 되기를 간절하게 바란다.

나를 만나는 일정은
미루지 않으려고요.

누군가 내게 이상형을 물어보면 "사연 있어 보이는 사람"이라고 답했었다. 명랑한 사람보다는 깊은 고뇌에 빠진 사람이 멋지다고 생각했다. 밝은 빛은 싫고, 어둠이 좋다고 여겼다. 인간 삶의 진짜 깨달음은 고통 속에서 피어난다고.

지난날의 내가 쓴 일기나 글들을 다시 열어보면 정말 어둡다. 비관적이며, 자기 파괴적이다. 인간의 영혼을 완벽하게 잠식할 수 있는 것은 불안과 두려움뿐이며, 유머로 얻는 행복은 찰나의 쾌락일 뿐이라고 썼다.

 나의 그런 생각과 그런 말들은 내 인생을 정확하게 그런 곳에 가져다 놓았다. 나의 연애담에는 언제나 사연 깊은 상대들로 힘겹던 내가 있다. 깊은 한숨으로 쓴 소주를 함께 들이켰던 사람들은 저마다 버거운 삶을 꾸역꾸역 살아가고 있다.

 연일 뉴스를 장식하는 비극적인 상황들은 '거봐, 거봐 종말만이 인류를 구원할 유일한 방법이야.'로 끝맺었다.

 내가 멋지다고 생각한 것과, 내가 최악이라고 생각했던 것의 반전.

나의 구역질 스스로가 날개를 만들어 샘물로 다가가는 힘을 주지 않았던가? 참으로 나는 기쁨의 샘을 다시 찾으려고 가장 높은 곳으로 날아올라야 했다!

【차라투스트라는 이렇게 말했다】
프리드리히 니체 지음 | 장희창 옮김 | 민음사 펴냄

나의 10대와 20대를 채운 플레이리스트는 대부분 헤비메탈이었다. 그중에서도 파괴적이고 어두운 데스메탈류가 많았다.

내 나이 서른쯤에 한 밴드의 음악을 듣고 우울감이 극심해져 구역질하고, 병원 응급실로 달려가 살려달라고 애원한 적이 있다. 그 뒤로 내 플레이리스트는 약간 부드러워졌다.

내가 '나'에 대해 고민하고 탐구를 시작했을 때, 꽤 오래 온몸에 소름이 끼쳤다고 기억한다. 내가 나에 대해 제대로 알고 있는 것은 이름과 나이, 직업 정도밖에 없었다. 세상에나! 나의 최애 연예인은 코미디언이었다. 실제로 나는 코미디언들을 존경하는 편이다. 아무나 못 하는 특별한 일이라고 생각해 왔다. 진짜 머리가 좋고, 이성과 감성을 고루 발달시킨 사람들만이 할 수 있는 일이라고 생각한다.

그러면서도 나는 코미디를 약간 무시했다. 세계적으로

유명한 어떤 영화제에서 수상한 매우 어두운 분위기의 예술영화를 훌륭하다고 생각했었다. 물론 그 영화가 훌륭하다는 생각은 지금도 가지고 있다. 그러나 그땐, 그런 영화만 훌륭하다고 생각했다.

코미디가 상영되는 시간 동안 유머와 웃음으로 얻어낸 그 고농도의 긍정 에너지와 행복 호르몬은 결단코 무시되어서는 안 되는 감사한 것이다.

내가…… 나를 너무 몰랐다.

10여 년도 더 지난 이야기지만, 다큐멘터리 영상을 제작하는 프로덕션에서 PD로 근무하던 때, 친하게 지내던 성우 선배에게서 전화가 온 적이 있다. 잊고 있던 일이지만, 그 선배가 나한테 "참, 재밌는 사람이야."라는 말을 자주 했었다. 선배 말이 지상파 방송국에서 새로 제작하는 예능프로그램 PD를 찾고 있는데, 나를 추천하고 싶다는 얘기였다. 나는 아연실색했다.

"선배님, 뭔 소리야! 제가 무슨 예능을 합니까? 나 같은 사람이 예능을 재미있게 만들 수 있겠어요? 아, 난 웃고 떠드는 거는 안 할래." 했다.

처음 광고와 홍보를 목적으로 하는 상업 영상으로 기획, 연출 일을 시작했다가 영상을 제작하는 일보다 클라이언트를 설득하고, 접대하는 데 시간을 더 많이 써야 하는 일에 염증을 느끼고 다큐멘터리로 전향하고 싶어서 옮겼던 회사에서 나는 사실 매일 우울했었다.

내가 맡았던 프로그램들이 주로 부모에게 버림받아 생계가 어려운 청소년들을 취재하는 형식이었는데, 내가 그들을 도울 수도 없는 데다 사연 인의 울음을 카메라에 담아내야 한다는 부담으로 매일의 삶이 고달팠던 기억이 있다.

그때 명랑하고 웃음이 끊이지 않는 분위기의 촬영 현장으로 매번 일하러 나갈 수 있는(내가 그곳 현장을 몰라서 하는 생각일 수 있지만) 그곳에 추천받아 갔다면 내 인생이 지금쯤 어디에 있을지…… 아, 후후. 나는 어쩌면 지금 나의 최애와 함께 웃으며 일하고 있을지도 모르는 일이다.

후회가 무슨 소용인가?

"세상에서 이모가 제일 웃겨!"라는 조카의 말에.

"무슨 소리야, 이모는 오히려 진지충에 가깝지!" 바보같이 소리쳤다.

지금은 삶에서 중요한 요소 중 하나가 유머라고 생각한다. 오히려 절대 없어서는 안 되는 필수 요소라고 생각한다.

내가 정말 뭘 몰라도 한참 몰랐다.

나에 대해 다시 생각해 봐야겠다, 결심했다.

나에게 말을 걸고, 나에게 물어봤다. "나는 누구인가?" 부터 시작했다.

그리고 책을 읽고, 명상(아직도 어렵기만 하지만)하면서 질문을 하나씩 늘려갔다.

"내가 가고 싶은 곳이 어디인가? 나는 어떤 사람을 좋아하고, 어떤 사람을 불편해하는가? 나의 시간이 무엇으로 채워지기를 바라는가?"

반드시 물어야만 하는 것이다. 자기 자신을 제대로 아는 사람은 생각보다 드물다.

니체의 【차라투스트라는 이렇게 말했다】는 사실 어린 시절 내게 '꼴값 좀 떨 수 있는 책'이었다. 내가 니체를 읽고 있다는 사실 자체가 멋지다고 생각하면서 반복해서 읽어도 모르겠는 그 뜻을 이해하려고 읽고, 또 읽고, 검색해 보고 읽고 아무튼 무진 애를 쓰며 읽어낸 책이다. 너무나 심오하고, 수많은 은유와 비유로 표현되어 그 깊이와 정확한 의미를 이해하기란 여전히 쉽지 않다. 그러나! 해석은 읽는 사람의 몫이라 했다.

나는 이 책을 한…… 네 번째 읽고 있다. 어린 시절 허영심으로 시작해서. 정말 이해해 보고 싶어서 또 도전하고, '어? 좀…… 뭔 말인지 알겠는데?' 싶어질 때 한 번 더. 그리고 최근에 다시.

여전히 쉽지 않지만, 가슴을 쿵쿵 치는 구절들이 많다.

나는 누군가에게 이렇게 보였으면 한다는 그릇된 이미지 혹은 스스로가 그린 비뚤어진 이상적인 모습에 나를 끼워 맞추려 살았는지도 모르겠다.

나에게 무슨 일이 일어났나? 나는 어떻게 살아왔나? 나는 어떻게 살고 싶은가? 나는 지금의 내가 좋은가? 나는 지금 내가 하는 일이 정말 내 삶의 소임이라 생각하나? 나는 지금 왜 아픈가? 나는 지금 왜 고통스러운가? 나는 지금 왜 죽고 싶은가?

니체의 문장에서 시작한 질문들로 나는 나에 대해 탐구했다.

나는 어두운 감정을 동경하며 살아왔고. 나는 밝게 살고 싶고, 나는 지금의 내가 마음에 들지 않으며, 진짜 내가 하고 싶은 일이 따로 있구나. 내가 나를 아프게 했구나. 깊이 있게 알게 되었다.

나의 고통은 나로 말미암은 것이고, 나를 죽고 싶게 만든 것은 그때의 나 때문이구나. 생각하게 되었다.

 그래서! 다 마음에 안 들고, 다 내 탓이니까…… 뭐? 그냥 내가 없어지면 되나? 그렇게 생각했던 것이 사실이다. 하지만 아니다. 지금의 '나'만 없어지면 된다. 지금, 죽고 싶다고 생각하고 있는 '나'. 그 '나'만 없어지면 되는 것이었다.

 그러면 나는 살고 싶은가?

 그렇다.

 나는……잘 살고 싶다.

 나의 구역질 스스로가 날개를 만들어 샘물로 다가가는 힘을 준 것이다. 나를 알아야 한다. 내 영혼의 목소리를 들어야 한다. 내 영혼은 그때 내게 말해주었다.

 잘못한 것이 있으면, 수정하고 바로잡으면서 다시 걸으면 된다고. 과거의 나를 원망하는 마음으로, 후회로 하루하루를, 세월을 허송하는 것이 아니라. 반성을 끝내고, 더 나은 나를 찾아가야 한다고.

나는 명랑한 사람이었다.

비관이 풍기는 매력에 홀렸지만, 나는 비관적일 수가 없는 사람이었다. 그걸 모르고 마흔 나이를 훌쩍 넘겨버렸다.

그래도 괜찮다. 많이 늦은 것은 아니다.

나는 이제 나를 지속해서 탐구할 것이다.

나의 소중한 문장들과 책을 읽으면서 죽지 않고 살아낼 것이다.

저는…… 술을…… 잘……

 나를 아는 모든 사람은 나를 애주가로 안다. 술꾼이라

고 부르는 사람들도 있다. 스스로 "나는 술을 좋아해."

라 말하면서 살았다.

 솔직히 나는 애주가가 아니다.

 나를 아는 사람들은 아마 콧방귀를 뀌거나…… 욕을 할

지도 모를 일이다.

 좋아서 마신 적은 많지 않다. 마시지 않을 수 없어서 마

셨다.

나는 지금까지의 내 인생 중 스무 살에 가진 돈이 가장 많았다.

스무 살이니까, 돈이 많으니까, 친구가 많아졌다. 지금은 골머리를 싸고 기억해 내려 해도 얼굴이나 이름조차 기억할 수 없는 무수하게 많던 술친구들.

오만 원권 지폐가 세상에 없을 때라 지갑이 항상 두툼했다. 술값은 언제나 당연하게 내가 내고, 매일 기억을 통째로 잃을 만큼 마시고 취했다. 그저 공짜 술을 얻어먹고, 운 좋으면 비싼 물건을 선물이라는 이름으로 빼앗을 수도 있고, 술에 취해 비틀거리며 택시비까지 빼 갈 수 있는 존재가 있는데, 스무 살 나이에 철들 필요 없는 부류로 사는 청춘이, 인간관계에 깊은 숙고보다는 재미가 더 우선인 사람들이 우정 아니라 무엇으로는 가장하지 못할까?

지금은 그들을 미워하지 않는다. 미움은커녕 기억도 하지 못한다. 그러나 그때는 그것이 매번 그렇게도 슬펐다.

나를 진심으로 대하지 않는 사람들이라는 것을 슬퍼했다. 슬퍼서 친구를 불러내고, 술을 마시고, 또 슬퍼지고, 울다가 화내다가 소리 지르다가…… 그렇게 20대 초반을 보내고 나니 그 어린 나이에 빚이 생겼다. 그 많던 친구들도 사라졌다.

인간실격. 이제 저는 더 이상 인간이 아니었습니다. 제가 여기에 온 초여름쯤 에는 쇠창살이 끼워진 창에서 병원 마당의 작은 연못에 빨간 수련이 피어 있는 것이 보였습니다만, 그로부터 석 달이 지나 마당에 코스모스가 피기 시작하자 뜻밖에도 고향에서 큰형이 넙치와 함께 저를 데리러 와서는 아버지가 지난달 말에 위궤양으로 돌아가셨다고 말했습니다.

【인간 실격】다자이 오사무 지음 | 김춘미 옮김 | 민음사 펴냄

늘 술에 취해 기행을 하는 주인공 요조는 나의 이해가

필요하지 않았으며, 나의 이해가 가닿을 수도 없는 곳이었다. 그래도, 나는 요조를…… 이해하는 것 같았다.

도망쳐야 했다. 어디로든…… 일단 가족의 뒤로 숨었다. 그렇게 빚은 해결되었지만, 극심한 우울증은 길을 찾을 방법이 없었다.

다른 나라로 도망쳤다. 그래도 그곳에서는 공부도 꽤 열심히 했고, 아르바이트도 하면서 나름대로 희망을 품고 살았다.

매일 밤 만취해 비틀거리고 매일 숙취에 고통스러워하며 깨는 날의 연속에서 벗어났으니까.

그런데, 문제는 어디에 사는가, 하는 것은 아무런 상관없다는 것이었다. 나는, 스트레스를 푸는 좋은 방법을 알지 못했다. 너무 어린 나이에 술을 접했으므로 뭐든 술로 풀었다. 풀었다고 하기보다는 술로 잊었다고 하는 게 맞겠다.

마흔이 훌쩍 넘은 나이까지도 힘든 일을 견뎌내는 방법

을 잘 몰랐다. 스트레스를 해소하는 유일한 방법은 술로 도망치는 것이었다. 뜬눈으로 밤을 새우지 않을 방법이 술 밖에는 없었다.

깔깔거리며 웃었어도, 신나게 마셨어도 나는 술을 마신 날에는 무조건 울었다. 거의 울지 않은 날이 없었다. 술을 마신 내가 너무 싫어서. 술을 마신 나의 몸뚱이가 너무 고통스러워서.

술을 끊고 운동을 해 본 적도 있었다. 내 인생에서 10kg 이상 체중을 줄여 본 경험이 세 번 있다. 당연하게도 그건 술을 끊어야만 가능한 일이다.

얼마 지나지 않아 다시 술을 마셨다. 강력한 스트레스에는 술을 찾도록 세팅되어 버린 것이다. 그리고 술을 마시는 행동은 습관으로 굳어져 버렸다.

술 때문에. 아니, 술을 마신 나 때문에 인생에서 중요한 것을 잃어버린 적도 많다. 사랑도 잃어봤고, 돈은 물론 사람도 잃어봤고, 부끄러운 일도 많이 만들었다.

인간 실격.

그래, 그럴지도 모르는 일이었다.

나는 이 책을 읽고 거짓 조금 보태서 2박 3일은 울었다. 정확하게 이유를 알 수는 없었지만, 오래오래 울었다.

이 책은 이런 문장으로 마무리된다.

《우리가 알던 요조는 아주 순수하고…… 술만 마시지 않는다면, 아니, 마셔도…… 하느님처럼 좋은 사람이었지요.》

내가 요조에게 감정이입을 하면서 읽은 것은 절대 아니었다.

그는 남자였고, 일본인이었으며, 시대가 달랐고, 상황도 달랐고, 취해서 하는 행동도 달랐다. 그래서가 아니라…… 그냥 마지막 문장에 감사했다.

나는 살면서 정말 많은 사람들에게 차고 넘치게 사랑받았다. 그것이 새삼 기억났기 때문에 마지막 장을 덮으면서 크게 감동하고 오래오래 울었던 것이 아닐까?

내가 나를 넘어뜨려 놓고 주저앉아 울고 있을 때마저도 사람들에게 내가 '좋은 사람'이라는 단어로 표현되는 아름다운 마음을 얻었다. '어떻게 나에게 그렇게 말해 줄 수가 있지?' 믿기지 않았지만, 의심하지 않기로 했다.

"앞으로 정말 좋은 사람으로 살겠습니다." 라고 대답하는 것으로 감사를 대신했다.

......

"나는 술을 완전히 끊었다!" 라고 적을 수 있으면 참 좋으련만. 그렇게 하지는 못했다.

다만, 나는 접착 메모지에 이렇게 적어 모니터 옆에 붙였다. 그리고 지키고 있다.

《술을 정말 마시고 싶은 날만 마신다. 술을 마신다면 반드시 내가 사랑하고, 나를 사랑하는 사람과 함께 있을 때여야 한다. 평소 내가 생각하는 주량은 나의 주량이 아니다. 조금만 마신다.》

매일 아침 소리 내어 읽고, 잠들기 전에 마찬가지로 읽고 잔다. 나의 뇌에 각인된 '스트레스받았을 땐 술을 마신다.'라는 생각을 지워내기 위해서다.

실제로 나는 술을 마시지 않는 날이 많아졌다. 그리고 바쁘게 살고, 일찍 잠자리에 든다.

얼마 전에 김장했다. 온몸에 양념으로 범벅을 하고, 삶은 돼지고기와 배추절임에 김칫소를 넣어 싸 막걸리를 두 사발 마셨다. 정말 한 잔 마시고 싶었고. 내가 사랑하고, 나를 사랑하는 가족들과 함께였으며, 취하지 않게 조금만 마셨다.

아! 그리고 나는 이제 스트레스를 풀고, 숙면에 들 수 있는 매우 좋은 방법을 찾았다.

책을 든다. 읽는다. 그리고 책을 읽으며 떠오르는 이런 저런 생각들을 글로 쓴다.

나는 읽고, 쓰는 사람이다.

모든 사람이 스트레스를 건강하게 풀어내고, 해결하는 좋은 방법을 찾아낼 수 있기를 바란다.

'후회'라는 족쇄를 부수는 중입니다.

사람은 누구나 실수한다.

그러나……

우리는 사실 누군가의 실수에 그다지 관대하지 않다.

나 역시 누군가의 실수를 맹렬히 비난하고 기회를 박탈

하고 분노를 선동했었다.

그리고……

나는 나에게조차 관대할 수 없었다.

내가 벌였던 잘못와 지나간 시간에 대한 후회로 기억

속에 한시도 쉬지 않고 째깍거리는 시계를 과거로, 과거로 돌렸다.

'그때 그러지 말걸.', '그때 그게 문제였네.', '그때 내가 그 말을 해야 했는데……', '그때 내가 거기서 그 말을 하지 말았어야 해.', '그때 그 자리에 가지 말아야 했는데……', '그때 그 사람을 만나면 안 됐어.' 반복하다가 결국 태어나기 전으로 돌아가는 방법밖에는 없다고 자신을 부정하며 수많은 불면의 밤을 보내는 것이 오래되고, 익숙한 나의 시스템이었다.

　나의 실수와 잘못은 그리고 그것을 하나하나 간직한 내 기억은 자신을 파멸로 몰아내는 강력한 무기가 되어주었다. 술을 마시고, 약을 먹고 잠을 청해도 잠들 수 없었다. 그저 밤을 지새우며 천 번도 넘게 되돌릴 수도 없는 그때 묻힌 채로 나를 죽였다. 그렇게 나를 죽이고 또 죽였어도 아침은 기어코 밝아오고 '지금'의 '나'를 살고 있는 '나'와 마주한다.

한 번은 사흘을 내리 잠들지 못해 찾아간 병원에서 상담 치료를 권유받았는데, 만나보니 칠순이 넘은 정신의학과 전문의였다. 의사는 은퇴 시기가 따로 없다더니, 적잖이 놀란 것이 사실이다. 10회 상담 중 7회차 남짓까지 그저 고개를 끄덕이면서 내 얘기를 듣기만 하셨는데, 나는 사실 '터놓고 얘기하는 것'에서 느껴지는 이상한 위안과 편안함을 알아가는 중이었다. 그래도 '좀 돈 아깝다'라는 섭섭한 마음도 들기 시작했다. 그즈음.

"자네는 참 심지가 굳고, 정신력이 강해. 그 결벽증만 좀 고치면 될 거 같군."이라 말씀하셨다. 그러면서 덧붙이길 "이쯤 되면 의술로 환자를 만난다기보다는 짬밥으로 환자를 보는 거지." 하셨다.

그분의 처방은 이런 것이었다. 잘못을 저질렀다면 그게 어떤 방법이든 해결하기 위한 최선의 노력을 다하는 것이다. 그리고 모든 인간은 실수한다는 것을 이해해야 한다. 실수를 반복하는 잘못을 매번 저지르는 불완전한 존재가 바로 인간이라는 것이다. 그런 자신의 불완전함을 인정하고, 받아들이고 나서 잘못을 반복하지 않으려는 노력을 이어 나가며 살아가는 것. 자꾸 뒤돌아보는 것이 아니라 똑바로 앞을 보고 걸어야 한다는 것이었다.

그 선생님은 더 이상 환자를 만나는 의사는 아니다. 어려운 문제를 앞에 두거나, 힘든 일이 있을 때, 그리고 좋은 날도 이따금 전화를 드리고, 찾아뵙기도 하는데, 참 신기한 일이다. 처음 뵀을 때는 너무 연세가 많은 할아버님이 계셔서 놀랐는데, 10년 가까이 지난 지금까지 똑같은 모습이다. "저만 늙었네요." 하면 "예끼! 이 사람." 하면서 사탕을 하나 주신다.

최근에 너무 힘든 일이 생겨서 전화를 드렸다.

내가 더 이상 환자로서 선생님을 뵐 수 있는 것도 아니고, 선생님도 더 이상 의사가 아니시니 그저 안부 차 전화드렸다고 하니 물으셨다.

"여전히 손톱만큼의 잘못도 용서하지 않고, 스스로를

비난하는가?" 물으셨다. "네, 비난하고, 비난하고, 또 비난하느라 선생님을 떠올렸습니다. 죄송합니다." 답하니 "그래, 자네는 만나 보았는가?" 물으셨다. "네? 누구……?" 다시 물었다. "자네 말이야. 너 스스로를 만나 봤느냐고." 호통 가까운 것이었다. "아, 그게…… 쉽지 않습니다."

벌써 오랜 시간이 지난 일이다. 선생님께서 명상을 좀 해 봐라, 하셨다. 살면서 명상을 추천받은 일이 몇 번 있다. 수양이 부족해 보이는 사람이긴 한가 보다.

명상을 좀 해 보자, 생각하고 관련 영상을 찾아보고 관련 오디오북도 찾아 들어보고 책도 읽으며 시도해 보았다.

세계적으로 유명한 명상가가 쓴 이 책 역시 친구가 추천한 책인데, 말하듯 쓰인 책이라 그런지 잘 읽혀서 좋았다.

그러다가 접착 메모지를 찾아 붙이고 적게 만드는 문장을 찾아냈다. 《《내가 과거의 나에게서 벗어나지 못한

것이다. 현재의 내가 나를 구해내야 한다.〉〉라고 메모하
고 또 읽었다.

> **과거에 집착할수록 바닥이 없는 구멍에 빠진 것 같은**
> **느낌만 강해 집니다. (중략)**
> **미래가 과거로부터 당신을 자유롭게 해줄 거라 기대할**
> **수도 있습니다. 그러나 그것은 환상입니다. 오로지 현**
> **재만이 당신을 과거로부터 자유롭게 할 수 있습니다.**
>
> 【이 순간의 나】에크하르트 톨레 지음 ㅣ 최린 옮김 ㅣ 센시오 펴냄

 바닥이 없는 구멍에 빠진 것 같은 느낌. 잘 알고 있는
느낌이다. 어디까지 내려가면 끝날까? 끝이 있기는 한
가? 끝난다면, 그다음은 어떻게 될까? 질문 역시 끊임없
이 이어지지만, 답해 줄 사람도 없고, 깨달아지지도 않는
것, 절망 그 자체인 느낌 말이다.

지금, 이 순간, 이 자리에 존재하는 나는 힘이 없다. 과거의 나를 용서할 힘도, 미래의 나를 지옥 불 속이 아닌 이 땅 위에 두 발을 딛고 서게 할 힘도 없다.

 그렇지만 과거에 대한 집착에서 벗어나라고 말해주었다. 지금, 이 순간, 이 자리에 존재하는 나 외에는 무엇도 구할 수 없다고 말해주었다.

 나는 지금, 이 순간의 나를 만나러 가야 한다.

 무작정 반가부좌를 틀고 앉아 눈을 감고 호흡에 집중했다가 밀려오는 후회로 울었다가, 다시 호흡에 집중했다가 또 울었다가 다시 호흡에 집중했다가…… 잠들었다가 반복하는 중이다.

 ……

 "드디어 나도 깨달음을 얻었다! 나는 이제 자유롭다!" 외치고 싶다.

 그러나 나는, 성공담이 아닌 반성문을 쓰는 중이다.

 차마 죽지 못했기에……

정확한 방법을 아는 것은 아니지만, 여러 책과 콘텐츠에서 만날 수 있는 스승을 통해 명상하고, 나를 확실하게 가라앉힐 수 있는 것이라고 깨달아 독서한다.

나는 이제 나를 비난하지 않으려고 안간힘을 쓰고 있다.

스스로에게 다시 살 기회를 주기 위해 글을 쓰는 것이다.

오늘을 살고, 이 순간을 살고, 읽고, 쓰면서 죽지 않는 것이다.

이쯤 했으면 된 거 아닐까,
하는 섣부름

'당연한 것'이라 여기던 믿음이 서서히 나에게서 떠나
가거나 하루아침에 박살 나는 경험을 여전히 한다.

인간관계에서 오는 상처로 인해 인간 혐오에 빠졌던 적
이 있다. 인간의 본성은 악하다는 성악설로 술자리에서
침 튀며 토론하는 꼴값도 떨어봤고, 종말과 관련된 정보
를 찾아보며 그럴듯한 근거가 될 만한 내용이 있다면 종
말의 시기를 손꼽아 기다려 볼까…… 했던 적도 있다.

아이러니는 여기서 발생한다. 내가 믿고 있고, 기대하

고 있는 것에 대해 추종하고, 관련 정보를 찾으면 찾을수록, 그것이 틀렸다고 하는 데이터가 쌓여가는 것이다.

성악설에 대한 책이나 영상을 찾다 보면 성선설에 호기심이 생겨나고, 종말론을 알아보면 그 종말론이라는 것이 얼마나 허무맹랑한 것을 근거로 삼고 있는지 드러나는 것이다. 나는 지금 인간 혐오가 아니라, 인간애, 인류애를 고민하는 사람이 되었다.

나는 현재도 책을 사랑하고, 이렇게 책과 문장에 대한 글을 쓰고 있다. 그리고 책을…… 추앙했던 것이 사실이다.

살면서 읽은 모든 책이 다 재미있고, 모든 책에서 교훈을 얻었던 것은 아니다. 어떤 책은 그 책을 읽는 동안 들였던 나의 시간과 노력, 그 책을 사기 위해 지출한 돈이 아까웠던 적도 여러 번 있다.

또 어떤 책은 아무런 근거 없는, 망상에 가까운 자신만의 주장을 펼치며 사람들을 현혹하려는 목적이 다분해 보여 화가 났던 적도 많다.

나는 영화를 미치도록 좋아해서 영화에 다가가기 위한 여러 가지 노력을 하며 살았고, 결국 영화 일에 몸담지는 못했지만, 그 과정에서 직업을 선택할 수 있었다. 그런데도 영화보다는 책이 보다 더 교훈적이라고, 인문학을 즐기는 방법으로 반드시 책을 선택해야 한다며, 책에 부여했던 권위만큼은 쉽게 내려놓지 못했다. 그러나 내 손으로 책을 만들어 보고 나서야 비로소 책에 부여해 왔던 권위를 무너뜨릴 수 있었다.

물론 책을 더 사랑하게 되기는 했다. 한 권의 책이 얼마나 많은 사람의, 얼마나 소중한 가치와 얼마나 간절한 염원이 모이고, 담긴 것인지 알게 되었기 때문이다.

영어 공부를 할 때는 문법이 중요하대서 문법만 파다가 '이게 아닌가……' 했고, 문법보다는 실제 원어민의 표현이 더 중요하다고 해서 영화와 드라마의 대사를 섀도잉(무작정 발음 따라 하기)하고, 이디엄(관용구)을 찾아 달달 외우기도 해 봤다. 그 결과 한국 사람 앞에서는 영어를 잘 말하지 않게 되었다. 그 어느 것도 완벽한 영어를 구사할 수 있는 공부법은 아니었기 때문이다.

영어만 사용하는 사람과 소통하는 것, 영어만 사용하는 곳에서 생활하는 것. 그 이상도 이하도 아니다. 한국어는 완벽하게 사용할 줄이나 아는가? 모국어조차 맞춤법과 띄어쓰기를 검토하고 또 검토해도 쉬이 틀린다.

노력에 비해 성과가 낮은 것 같아 게으른 스스로를 탓하며 동기부여 영상을 찾아보다가 '끌어당김의 법칙'이라는 것에 현혹되어 긍정 확언을 매일 외친 적도 있었다. 얼마 가지 못해 '유사 과학'을 '과학'으로 믿고 있는 내가 너무 한심해서 주저앉았고, 동기부여 강사의 사기 행각을 알게 되어 상심했었다.

난생처음 빠졌던 남자 아이돌 멤버 얘기를 잠깐 해 볼까? 그가 텔레비전에 나와 노래하는 모습을 보면 세상 근심이 다 사라지는 느낌이었다. 사람들이 말하는 '살인미소'라는 것이 그를 보고 말하는 거로 생각했다. 그 미소에 덩달아 웃으며 '어쩜 저리 맑고 밝은 사람이 다 있나, 이 타락한 세상에서 나쁜 짓은커녕 나쁜 생각도 하지 않을 것 같다.'고 생각했던 그는 세상을 떠들썩하게 만든 약물과 거짓말의 아이콘으로 나에게서 떠나갔다.

이건 좋고, 저건 나쁘다.

이 사람은 옳고, 저 사람은 그르다.

이런 이론이 맞고, 저런 이론은 틀렸다.

매번 깨지고, 깨지고, 깨어진다.

이제는 영혼을 충족하지 못한다.

어린 시절 【단군 신화】를 동화 형식으로 만든 책을 보고 나는 정말 곰이 인간으로 변신한 것이 내 할머니의 할머니의 어머니의 어머니쯤으로 생각했었다.

텔레비전에서 방영했던 외화 시리즈를 보고 미국 사람들은 자동차와 이야기를 나누고, 미국 자동차는 스스로 움직일 수 있는 줄 알았다.

노동을 신성한 의무라고 생각했고, 제시간에 퇴근하는

것에 죄책감을 느꼈었다. 상사가 까라면 까야 하고, 회식은 업무의 연장이었으며, 남자 상사의 커피를 타다 나르는 것을 당연하게 생각한 적도 있었다.

스승의 그림자도 밟지 말라 했고, 선생님이 몽둥이로 때리면 몽둥이로 맞았고, 뺨을 올려붙이면 뺨을 맞아야 하는 세상을 살았다. 그 모든 믿음과 세계가 다 깨졌다.

얼마 동안 내내 그토록 열렬히 열중했던 베아트리체의 영상이 이제 서서히 가라앉았다. 아니면 오히려 천천히 나로부터 떠나갔다. 점점 더 지평선에 접근해서, 더 그림자 같고, 더 멀어지고, 더 빛바래 갔다. 이제는 영혼을 충족하지 못했다.

【데미안】헤르만 헤세 지음 | 정명애 옮김 | 민음사 펴냄

고백건대, 학창 시절의 나는 혼자 속으로 친구들을 분

류했었다. 일종의 사실에 따라 【데미안】을 아는 친구와 모르는 친구로. 알고 있다면, 읽은 친구와 읽지 않은 친구로. 또, 혼자만의 망상을 기준 삼아 【데미안】을 읽었을 것 같은 친구와 아닌 친구로. 아예 모를 것 같은 친구와 들어는 봤음 직한 친구로. 그리고 은근히 무시했다. 정말 부끄러운 줄 모르고 그랬다.

몇 어른들은 【데미안】을 사춘기 성장 소설이라 했고, 어떤 어른들은 청소년 필독서이니 그냥 읽으라고 했었다. 그런 어른들도 속으로 깔봤었다. 몽둥이질하는, 제자의 뺨을 때리는 선생님을 혐오스럽게 보듯이 말이다.

질풍노도를 세게 경험하는 주인공 싱클레어에 그저 동요했던 걸지도 모른다. 그때의 나는 정말, 이 책을 읽고 알았을까? 지금 봐도 어려운 이 책을? 【데미안】은 어려운 책이다. 물론 '나를 발견한다. 결국 자신을 깨닫는다……' 이런 메시지야 어디서든 찾을 수 있고, 작가가 밝힌 서문에서도 짐작할 수 있다. 그리고 《새는 알에서 나오기 위해 투쟁한다. 알은 세계이다. 누구든지 태어나려고 하는 자는 하나의 세계를 파괴하여야 한다. 새는 신을 향해 날아간다. 그 신의 이름은 아브락사스이다.》는 유명한 구절들 아닌가!

얼마 동안 내내 그토록 열망하던 것에 시들해지고, 미쳐있던 것에서 빠져나왔다. 열병을 앓았던 사랑도 잠시였고, 잃으면 하늘이 무너질 줄 알았던 친구도 지금은 어디에 어떻게 사는지조차 모르는 경우도 많다.

그렇게 변화하고, 깨닫고, 확인하고, 다치고, 다짐하고, 실망하고, 다 한 것 같다.

그렇다면 나는 '이쯤 했으면 이제 확고한 믿음 하나 마음에 품고 살아가야 하는 것 아닌가.' 싶은데, 섣부른 것인가? 그런 믿음이 하나쯤 있어야 안정감이 들듯 싶은데 그것 역시 그릇된 믿음일까?

믿음이 계속해서 새로운 믿음에 의해 부서지고 세계가 계속 깨어지는 것이 두려워질 때도 있다. 위태롭지 않은,

안정감이 필요해서다.

내가 지속해서 느끼는 불안은 아주 오래된 것이라고 느낀다. 그래서인지 나는 기회가 생기면 질문을 하게 된다. 질문을 하고, 뭐라도 대답을 들으면 그것이 마치 정답이고, 해답인 듯 느껴 얼마간은 불안한 마음이 가라앉기 때문이다.

어른한테는 그쯤 살아 내셨으면, 세상살이가 좀 쉬워지는지를 묻고, 결혼한 사람한테는 결혼하면 확실히 안정감을 느끼냐, 고 묻고, 자식을 낳은 사람한테는 자식을 낳으면 마음이 좀 놓이는 기분이 드는지를 묻는다.

아직 이렇다고 할 시원한 답을 들은 적은 없다. "살면 살수록 어려운 게 인생이더라."라던 어른도 있었고, "결혼하고 더 불안하던데."라 말하던 친구도 있었다. "자식을 낳아 놓고 어떻게 마음이 놓이겠냐?" 말도 마라며, 되묻던 사람도 있었다.

그래도 나는 살기로 결심한 이상 질문을 멈출 수가 없는 것이다. 계속해서 읽고, 쓰면서 또 투쟁해야 하는 것이다.

가끔은 발목이 시큰한 느낌이 들어서 그냥 주저앉아 쉬고 싶기도 하다. 하지만 나는 아직 나를 다 발견하지 못했고, 나에게 완전히 가닿지 못했다. 그리고 나를 온전히 받아들이지도 못했고, 나를 다 용서하지도 못했다.

그래서 또 책장 앞에 선다.

Chapter2.

나와 마주하다

존재하고자 합니다.

　나는 최근에 손바닥만 한 스프링 노트를 한 권 들고 다
닌다. 거기에는 내가 좋아하고 사랑하는 것들이 적혀 있
고, 내가 두려워하는 것, 내가 싫어하는 것도 적어 두었
다. 앞으로 어떻게 살고 싶은지를 적기도 했고, 꼭 해 보
고 죽어야지 하는 버킷 리스트도 몇 있다. 그중 하나를
공개하는 것이 이 글을 쓰는 데 도움이 될 것 같다.

　《나는 시도하고, 행동하고, 실행하고, 부딪히는 것을
잘하는 사람이다.》

나는 늘 시도하지 못하는 사람, 감히 실행에 옮기지 못하지 못하는 사람이었다.

답답함이 목구멍을 치고, 억울함과 분함과 온갖 죄책감과 후회와 원망과 자기 파괴적 생각에 영혼을 내어주고 있을 때, 할 수 있는 게 책을 붙드는 것 말고는 아무것도 없을 때. 이상한 일이 일어났다. 분명히 쓰인 시대와 시기, 국가와 장르가 다른 여러 권의 책에서 읽히고 보이는 맥락이 하나로 통하고 있었다.

내가 하고 싶은 것이 있을 것이라고. 이런 사람이 되고 싶다, 는 이상(理想)이 분명히 있을 것이라고 했다. 그리고 반드시 그걸 찾아야 한다는 것이다.

갑작스럽게 불안해졌다. 그것을 찾지 못하면 고통 속에서 영원히 헤어나지 못할 것 같았다. 죽을 용기도 없으면서 죽고 싶다는 생각만 반복할 것 같았다. 피폐함으로 썩어갈 것만 같았다.

생각해 내야 한다. 내가 하고 싶은 것, 내가 되고 싶은 것, 내가 살고 싶은 방향과 방식을 생각해 내야만 했다.

"글쓰기인 것 같아." 혼자였는데, 입 밖으로 소리 내어 말하고 이불 밖으로 나왔다.

지금껏 글쓰기는 나의 중요한 밥벌이 도구였다. 프로젝트 기획안을 썼고, 프로그램 구성안과 방송용 대본 작업도 내 일이었다. 나는 광고 연출가로, 방송 프로그램 프로듀서로 17년을 살았다. 그러나 내 글은 한 번도 나에게 '글'이 아니었다. 그냥 일이었다.

그러면서도 매번 생각하고, 말했다.

"서른 전에는 꼭 쓴다.", "3년 안에 내가 진짜 하나 써낸다!", "아, 서른 전에 쓰겠다고 했는데……", "마흔에는 쓸 수 있을 거 같아."

그리고 올해 "오십 전에는 하나 써야겠지?" 자문했다.

뭐 대단한 걸작을 써내겠다는 것도 아니고, 그럴 수 있을 것 같지도 않았지만, 늘 글쓰기를 갈망했다.

글은 물론 계속 써 왔다. 직업인으로서 마감일이 정해

진 일, 심의 혹은 시사를 거쳐 흔한 말로 '컨펌이 완료된' 일만 할 수 있었다.

진짜 내 것을 할 수 없었다. 진짜 내 글을 쓸 수 없었다. 진짜 내 것은 자신의 심의와 자신의 시사를 거쳐 나 스스로 컨펌해야 하는 것이다. 그런데, 언제나 난 그 기준에 미치지 못하는 것 같았다.

"쪽팔리면 안 돼.", "조금의 반박이라도 받게 된다면 자격이 없는 작품이야.", "이게 누군가에게는 궤변을 늘어놓는 것으로 보이면 어떡하지?" 이유는 많았다. 자신감 결여, 확신의 부재 같은 것들, 그리고 가장 크게 나를 망설이게 하는 것은 콤플렉스였다.

'나는 대단한 석학도 아니고, 엄청난 실적을 가진 것도 아니고, 내세울 만한 이력이나 수상 경력이 있는 것도 아니고, 말하기 좋은 삶의 스토리가 있는 것도 아니니까 100점짜리 완벽한 것이 아니면 아무도 거들떠보지 않을 거야. 완벽에 완벽을 더해야 해!' 나를 몰아세웠다. 또 몇 번의 이런저런 경험으로 오랫동안 '감추기' 해 왔다.

내 노트북과 외장하드 안에는 몇 개의 영화 시나리오 초안이 있고, 또 여러 개의 에세이가 들어있고, 완성한 단편영화 시나리오도 몇 있으며, 소설을 써 보겠다고 시도했던 여러 개의 글 파일들이 들어있다. 사업계획서도 몇 있고, 프로젝트 기획안도 꽤 있다.

나는 무수히 많은 아이디어를 뺏겨보았다. "다듬으면 될 것 같네." 하고 가져가서 본인의 이름으로 회사에 제출한 선배도 있었고, "자네는 지금 하는 거에 매진하고, 이건 우리가 디벨롭 해볼게." 했던 상사도 있었다. 내 기획안이 디자인과 발표자가 변경되어 어느 공기업에 경쟁 프레젠테이션 되기도 했다. 그리고 나는 주로 술자리에서 나의 억울함을 안주로 썼다.

이제 와 생각해 보면 엄청나게 다듬어야 했고, 보태고 보태서 발전시켜야 할 아이디어 조각에 불과했으며, 정리 안 된 디자인과 내용으로 의미 전달이 불가능한 것이었을 수도 있다.

그럼에도, 그때부터 억울함을 입에 물고 나는 '감추기'를 시작했다. 어설프면 또 뺏길 테니까. 다듬어야 할 게 많다는 이유에서, 흠 잡히지 않게, 누구도 우습게 생각하거나 반박할 수 없게 만들지 않으면 내놓을 수 없다고 생각했기 때문에 다듬고, 고치느라 그것들은 단 한 번도 내 노트북 밖, 내 외장하드 밖으로 나와보지 못했다.

그런데, 진짜 나를 발견하라고, 진정으로 하고 싶은 일을 찾으라고 하니까. 찾아내야 한다고 하니까 찾아졌다. 갑자기 툭! 발 앞으로 떨어졌다. "글쓰기인 것 같아."

물론 너무 늦어버린 것은 아닐까, 하는 생각도 잠깐 들었던 것이 사실이다. 그런데 또 나에게 "늦은 것 좋아하네." 하고 내가 사랑하는 책의 저자들이 일어났다. '희망' 같은 낯 뜨거운 말을 계속해야 한다. 절망의 끝에 내가 이제부터 해야 할 일을 찾았으니까, 나는 지금부터 기댈 곳이 희망밖에는 없는 것이다.

나를 살려준 문장들을 글로 써서 알리고, 소리칠 것이다. '무엇부터 써야 하나?' 호기롭게 다짐하고 시작했어도 막상 백지 앞에서 먼지보다 작아지는 나와 마주한다. '나는 있어 보이는 표현을 잘 모르는데……, 내가 동경했던 이들처럼 전문용어나 깊은 통찰력을 섞어서 이렇다, 할 결론을 내놓는 글을 쓰지 못할지도 모르는데……' 그리고 마침내 이 문장을 만나게 된 것이다.

어렵고, 괴롭고, 지치고, 부끄러워 때때로 스스로에 대한 모멸감밖에 느낄 수 없는 일, 그러나 그것을 극복하게 하는 것 또한 글쓰기라는 사실에 당신은 마음을 빼앗겼다. 글쓰기로 자기 한계를 인지하면서도 다시 글을 써 그 한계를 조금이나마 넘을 수 있다는 행복, 당신은 그것을 알기 전의 사람으로 돌아갈 수 없었다.

소설집 【아주 희미한 빛으로도】 중 〈몫〉 최은영 지음 | 문학동네 펴냄

아마 최은영 작가가 나에게 용기를 주려고 쓴 글이 아닐까? 멋지고 있어 보이는 글 말고, 내 한계를 극복하면서 써 나가라고 해 준 말은 아닐까? 쓰고, 또 쓰고, 또 써서, 있어 보이는 거 말고 공감할 수 있는 글. 멋져 보이는 거 말고 가슴으로 느낄 수 있는 정직하고 진정성 있는 글을 쓰면 되는 게 아닐까?

내가 가진 진정성은 사람들이 고통 속에 스스로를 방치하는 것을 막고 싶은 것이다. 고통 속에서 처절하게 무너져 봤고, 그 끝에 나를 사랑하는 나를 발견한 사람으로서 응원하고 싶은 마음. 그리고 그 마음이 너무나 간절해서, 고통을 뿌리치고 나올 수 있는 것은 자신뿐이라고. 책을 읽는 것이 엄청나게 강력한 힘을 줄 거라고 말하고 싶은 그 진심을 글에 녹여내면 되는 것이라고 결론지었다. 그리고 매일 조금씩이라도 쓰고, 좋은 책을 읽는 것을 반복하고 있다.

사실, 처음부터 책으로 만들려던 것은 아니었다. 책으

로 만들어야겠다 결심하게 한, 또 감사한 작가가 한 분 등장한다. 바로 고명환 선생이다. 코미디언으로 유명하지만, 현재는 베스트셀러 작가로, 또 강사로 활약을 펼치고 있다. 나는 텔레비전에서 한동안 그를 보지 못해, 은퇴한 줄 알았는데 요식업에 도전해 큰 성공을 거두고

지금 이 책을 읽고 있는 우리 모두 메신저가 되자. 시작할 때 자본도 필요 없다. 방법은 책이 다 알려준다. 안 할 이유가 없다. 자본주의를 이길 수 있는 가장 강력한 무기다. 그리고 감사하게도 현재 책을 읽지 않는 사람들이 점점 늘어나고 있다. 그 사람들이 모두 우리의 고객이다. 축하한다. 난 이미 당신의 심장소리를 들었다. 그렇다. 그렇게 설레면 된다. 당신은 이미 위대한 메신저다. 꾸준히 책만 읽으면 된다. 메신저 선배로서 동료가 된 당신을 환영한다.

【나는 어떻게 삶의 해답을 찾는가】 고명환 지음 I 라곰 펴냄

관련한 책을 쓰고, 강의를 다니느라 바쁜 줄은 몰랐다.

 그가 쓴 책을 읽다가 무릎을 치고, 정말이지 고마운 마음이 들어 한참 그 책을 끌어안고 울었다.

 두 분 작가께, 그리고 나에게 여러 면에서 교훈을 준(반면교사 삼을 책도 무수히 많다.) 세상의 모든 글을 짓는 작가께 깊은 감사를 느낀다.

 나는 그 작가들 덕에 읽고, 쓰는 일에 감히 지치지 않을 수 있는 동력이 생겨나고 있음을 느낀다. 덕분에 살아가는 일이 희망으로 채워지는 기적 같은 일상이 내게 만들어지고 있다.

지옥에 살 이유가 없습니다.

이름조차 모르는 사람을 미워하느라 한동안 지옥에 살았던 적이 있다.

법적으로는 '공연음란죄'라는 죄명으로, 흔하게는 '바바리맨'으로 불리는 그 행위는 사실 피해자에게 생각보다 깊은 상처를 남긴다.

5박 6일간의 즐겁고, 행복했던 제주 여행. "또 오자! 또 오자!"를 연발하게 했던 그 소중한 여행의 마지막을 장식한 바바리맨은 나에게 한동안 제주도 자체를 증오하게 만든 존재가 되어버렸다. 깨어 있는 모든 순간이 지옥이었다. 털어내고자 머리를 쥐어뜯어도, 고개를 아무리 세차게 흔들어도 그 지옥에서 벗어날 수 없었다. 상상으로 그놈을 찢어 죽이고, 말려 죽이고, 꿈에서도 찔러 죽이고, 절벽으로 굴려 죽였다.

그러고도 쉽게 그 지옥을 빠져나올 수는 없었다. 이 글을 쓰고 있는 지금, 이 순간까지도 나는 그를 죽이고, 또 죽이던 그 순간에 가 있는지도 모르겠다.

누군가를 미워하는 마음은…… 그 마음을 갖게 되는 순간부터 지옥 불에 던져진다. 아침에 눈을 뜨면서부터 상대를 떠올리게 되는데, 그 사실이 또 그렇게 지옥이다. 좋은 사람을 생각하고, 좋은 일을 떠올리며 좋은 에너지를 가지고 시작해도 쉽지 않은 것이 일상이다. 그런데, 시작부터 망치는 것이다.

맛있는 음식을 먹거나 재미난 영상 프로그램을 봐도, 좋아하는 책을 읽어도, 일을 할 때도 미운 상대는 사사

건건 훼방을 놓는다.

 순간순간 미운 상대를 떠올리느라 거지 같은 기분으로 거의 모든 일상을 꾸역꾸역 살아내고 나면, 잠자리에 들어서도 그토록 미운 상대를 다시 떠올리게 된다. 그런 마음을 가지고 너덜너덜해진 상태로 겨우 잠이 들면 꿈속에서조차 미운 상대와 맞닥뜨린다. 이게 지옥이 아니면, 대체 뭘 지옥이라고 할 수 있을까?

 나는 살면서 여러 번 그 지옥에 던져졌었다. 그리고 그 지옥에 들어가 있는 동안에 잃은 것이 너무나도 많다. 곁에 있는 사랑하는 사람들에게 상처 줬다. 심지어는 의도치 않게 사람을 잃기도 했다.

 직장 생활을 하던 때, 상사를 미워하느라 모든 걸 내던진 적이 있다. 많은 직장인이 상사를 미워하는 데에 시간과 에너지를 쓴다. 안타깝다. 솔직히, 시간이 지난 지금은 기억이 잘 나지 않는다. 그러나 그 시절의 나는 그 상사의 숨소리도 싫었다. 목소리도, 밥 먹는 모습도, 심지어 코 모양도 너무 싫었고, 팔뚝 생긴 것도 싫었다. 하하하 이런. 그 팔뚝 모양이 떠오르고야 말았다.

나는 나를 아는 모든 사람에게 그 상사를 욕했고, 회사에서 만나는 모든 이들에게 이간질했다. 그 상사가 회사에서 내쳐지기를 간절하게 바랐다. 결국 회사를 떠나야 했던 것은 나였다.

나는 아직 부족해서 더 쌓아야 하는 커리어를 잃었다. 꽤 손발이 맞고, 마음도 맞는 동료들을 잃었고, 매달 또박또박 나오던 월급을 잃었다. 감정적으로 행동하지 말라며 걱정하고, 충고했던 연인과 친구들에게 악다구니 쓰고, 멀어졌다.

불안은 영혼을 잠식한다고 했던가, 나쁜 종류의 감정은 영혼은 물론 나의 육체와 나의 시간마저도, 그 모든 것을 집어삼킨다. 눈이 멀고, 귀가 막힌다. 나를 위해 하는 위로의 말을 팽개쳐 버릴 수 있는 상태로 엉망이 되는 것이다.

반드시 지옥에서 벗어나야만 한다. 최대한 빨리 미움을 던져버려야 한다.

그들에게 악의를 품는 순간 우리는 우리 자신을 좀먹게 된다. 경제학에서는 어떠한 손실이 났을 때 더 큰 손실을 막기 위해 즉각적으로 대처하는 것을 매우 중요한 원칙으로 삼는데, (중략)
서둘러 그들을 꺼지게 해야 한다는 뜻이다.

【나는 합리적 이기주의가 좋다】 미멍 지음 | 원녕경 옮김 | 다연 펴냄

말이 쉽지…… 물론 그런 생각이 들기도 한다.

하지만, 아니다! 그런 생각으로 그 지옥에 계속 살면 안된다. 바보 같게도 나는 그걸 알면서도 해 내지 못했다. 내가 그 지옥에서 탈출할 수 있었던 유일한 방법은 그저 시간이 해결해 주기를 기다리는 것이었다. 나는 지옥 탈출에 꽤 오랜 시간을 써야 했고, 그 시간은 쉽지 않은 순

간들의 연속이었다.

 그리고 내가 '직장 상사'라는 것이 되어버렸다.

 처음 4명의 팀원을 구성해 팀장이 되었을 때, 나는 스스로 준비가 안 됐다는 것을 알았다. 상사를 그렇게도 미워해 본 사람이 누군가의 상사가 된다는 것 자체가 살얼음 위를 걷는 기분이었다. 팀원 네 사람의 눈치를 보느라 매번 진땀을 뺐던 기억이 있다. 팀원에게 실수하지 말라고 하면서 내가 실수할 수도 없었고, 몸이 아플 때는 업무에 지장을 주지 않으려 긴장감으로 몸살을 더 앓기도 했다. 말에 카리스마를 담으려고 스피치 관련 책을 사 읽고, 리더십 관련 강의도 들어보고, 이런저런 노력을 했었다. 아무 소용이 없었다. 나는 어쩌면 미움받는 선배이고, 상사였는지 모른다.

 그렇게 나는 인간관계에 능숙하지 못한 사람으로 살게 되었다. 불편하거나 싫은 사람을 대해야 하는 일이 있을 때면 꼭 체했다. 불편한 사람은 그냥 불편해했고, 싫은 사람은 그냥 싫어했다. 가능하면 피했고, 웬만하면 마주치지 않으며 살았다. 피할 수 없는 상황이 물론 훨씬 많았지만, 그래도 최대한 '얽이지 않는다'는 마음으로.

사람 사는 것이…… 참, 얄궂기도 한 게. 불편한 사람에게 아쉬운 소리를 해야 하는 경우가 생긴다. 반드시 한 번은 생기더라.

프로젝트를 성사하기 위해 꼭 필요한 사람이지만, 정말 불편하고 싫은 사람과의 미팅을 치러내고 함께 미팅에 참석한 파트너에게 볼멘소리를 하니, "나 한 3년 전에 저 사람이랑 멱살잡이했었어. 근데, 지금은 웃으면서 추억이라잖아! 서로 필요하니 어쩌겠어? 다 그런 거야." 라고 했다.

이렇게 더는 못 살겠다, 싶을 때. 영화감독 이옥섭의 말이 생각났다. 《저는, 너무 싫은 사람이 있으면 그 사람을 그냥 사랑해 버려요.》 처음에는 좀 기가 찼다. 그러나 내가 워낙 그녀의 영화에 열광했고, 그녀의 이야기를 사랑했다. 그래, 그녀의 말이니 한 번 해보자, 고 마음 먹어봤다.

시작은 이렇게 했다. '나는 내 일을 사랑한다. 지금 나에게는 저 사람이 꼭 필요하다. 저 사람이 없으면 나는 이 일을 해낼 수 없다.' 그리고 시간이 조금 지난 뒤에는 '내가 일을 하는 데 도움을 주는 저 사람에게 참 고맙다.' 했다. 물론 쉽지 않았다.

그래도 정말이지 마음은…… 마음먹기 나름이다.

나보다 나이가 이리다고 해서, 나의 경험보다 그들의 것이 적다고 생각하는 편협한 생각에서 벗어나 그들의 이야기를 듣고, '한번 해 볼까?' 하는 생각으로 조금씩 공부하며 성장하는 것이다.

나는 여전히 누군가를 미워하는 마음의 지옥에 던져지기도 한다. 그러나 나는 그 지옥에서 탈출하는 방법을 조금씩 배우고, 탈출하는 데 걸리는 시간을 대폭 줄여 나가고 있다.

진짜 센 건 따로 있더라고요.

요즘 '자존감'에 대한 이야기가 많이 들린다. 그것과 함께 나를 콕 짚어 얘기하는 것 같아 부끄럽게 만드는 표현을 보았다.

나는 전형적으로 '자존감은 낮고, 자존심만 센' 부류의 사람이었다. 처음 그 표현을 보고, 나는 절대 아니라고 부정했다. 그런데 보면 볼수록, 알면 알수록 내가 그런 부류의 사람인 것을 인정해야 했다.

내가 방송일을 처음 시작했을 때, 사실 '여자 PD(지금은 그 자체로 시대착오적인 단어가 되어 버렸지만)'가 많지 않았다. 시작을 같이한 동료들도 잠과 식사와 건강을 포기해야 할 정도의 업무량과 턱없이 부족한 급여(내가 조연출 생활을 하던 2006년 당시 월급은 50만 원이었다. '수습 기간'이라는 이유를 들어 첫 3개월은 무려 30만 원이었다.)에 하나둘 나가떨어졌고, 결혼과 출산은 바로 은퇴로 이어졌다.

출연자를 제외하면 거의 남성으로만 이루어진 현장에 나갈 때면 항상 "쫄면 안 돼. 눈 부릅뜨고! 어깨 크게 벌리고!" 외치고 나갔다. 현장의 어떤 스태프보다 가장 큰 목소리를 내야 한다고 다짐하며 나갔다.

현재, 나는 현장에서 욕을 하거나 소리를 지르는 연출자는 아니다. 감사하게도 '반면교사' 삼을 선배들이 많았다. '나는 나중에 후배들한테 저렇게 하지 말아야지. 나는 내가 메인이 되면 현장에서 절대 저렇게 하지 말아야지.' 생각하게 하는.

그렇지만, 여자라고 무시하는 사람들한테 본때를 보여야 한다는 의식만은 확고하게 자리 잡아서 농담을 농담으로 받지 못하고, 말조심하라며 쏘아댔다. 진심을 담은 조언에도 그쪽은 그리 잘났냐며, 내 작품에 대한 조금의 아쉬운 평가도 받아들이지 못하는 사람이 되어 있었다.

까칠한 것이 카리스마라고 생각했다. 냉소적인 것이 따뜻한 것을 이긴다고 생각했다. 나는 말 그대로 모난 사람이고, 자존심만 내세우는 꼰대였다. 정확하고 합리적이지 않은 것은 내다 버릴 것이라고. 아무짝에도 쓸모없는 짓이라고 후배들을 몰아붙였다.

"나는 명분이 없으면 움직이지 않아."라는 말은 이제와 생각하면 내 주변 사람들을 지치고 버겁게 만들어 왔던 것 같다.

"아니, 그러니까 왜?"라고 참 많이도 말했다. 영화 범죄와의 전쟁에서 최형배의 대사를 인용해 "아, 명분이 없다 아닙니까!" 하며 재치 있는 척을 하기도 했다.

별 친분도 없는데, 기꺼이 나서서 나를 도와준 사람들에게 감사를 느끼기 전에 '아니, 왜?'를 생각했다.

내가 3년간 제작했던 교양 프로그램에서 MC를 맡아준 분은 한 회 촬영 분량을 통째로 날려 먹고 재촬영 비용을 계산하고 있던 내게 "제가 그냥 해 드릴게요." 하기에 그러지 않아도 된다고, 대체 왜 그냥 하느냐고, 내 실수이니 내가 책임지겠다고 소리쳤더니. 그녀는 이렇게 말했다.

"피디님이 좋아서요. 난 피디님이 잘됐으면 좋겠거든요." 했다. 뭔가 감동했지만, 그때도 나는 의심했었다. '나한테 뭐 빼먹을 게 있다고 저런 담' 하면서.

누군가가 나를 칭찬하면 '신장이라도 빼 가려나?' 농담 삼았다.

"그냥 목소리나 들을까 하고 전화했어." 하면 '그럴 리가, 마지막까지 용건 얘기 안 하나 보자.'하며 눈을 얇게 뜨고 들었다.

'그냥'. 그놈의 '그냥'. 그게 너무 싫었다.

조연출 막내로 일할 때 사수 감독이 현장에서 하도 소리를 지르고, 욕설을 내뱉기에 회식 자리에서 "현장에서 소리 좀 지르지 않으시면 안 돼요?"라고 물었던 적이 있다. 그때 감독은 대답했었다. "저, 기 센 스태프들 사이에서 주도권 뺏기면 끝장나는 거야! 연차와 짬밥으로 밀고 들어와서 곤조 부리면 네가 현장을 통제할 수 있을 거 같아? 명심해! 욕부터 박고 시작하는 게 나은 현장이 대부분이야!"

당시에도 나는 "정말 그럴까?" 의심했던 것이 사실이지만, 어느새 나 역시 내 주장을 피력해야 하는 순간에는 언성부터 높이고 있었다. (물론 욕부터 박고 시작하는 그런 짓은 하지 않았다. 진짜다)

그러다 이따금 정말 센 놈들을 만나기도 했다. 그러면서 조금씩 알게 되는 것이다. 진짜 센 건, 눈을 부릅뜨고 언성을 높이고 강한 단어를 말하는 게 아니구나.

진정한 강자는 자신의 강함을 자랑하지 않는다. 굳이 자랑할 필요를 느끼지 않는다. '자승자강'自勝者强이 이를 말해준다. 진정한 강자는 자신을 믿기에 굳이 자신의 강함을 드러내지 않는다.

【하루 한 장 고전 수업】 조윤제 지음 | 비즈니스북스 펴냄

어느 날 친구들과의 모임 자리에서 친구의 부인이 맥주 캔의 마개를 따서 주머니에 넣었다.

"그걸 왜 챙겨요?" 했더니 "그냥이요." 했다.

내가 "이유가 있을 거 아니에요?" 했더니 미소 지으며 부드러운 어조로 "특별한 이유는 없는데요." 해서 친구의 아내라 일정 거리감이 있어 답답해하면서도 인내심을 갖고 다시 물었다. "그걸로 뭐 만들어요?" 했더니 "아니요. 정말 그냥 챙기는 거예요." 하는 거였다.

나는 답답한 마음에 나도 모르게 언성이 높아져 물었

다. "아니, 왜! 왜가 있을 거 아니에요!"

명분이 없는 일은 합리적이지 않은, 시간 낭비라는 내 지론 때문이었다. 그런데, 그녀는 언짢은 표정 하나 없이 미소를 지으며 조용히 말했다. "제가, 그렇게 하기로 결정했어요."

이상순, 이효리 부부의 일화가 생각났다.

두 사람이 의자를 만들 때, 잘 보이지 않는 나무 의자 밑바닥을 사포질하는 이상순에게 이효리가 "여긴 사람들이 안 보잖아. 이렇게 한다고 누가 알겠어?" 하니 이상순이 "내가 알잖아." 해서 깨달음이 있었다는 이야기다. 이 얼마나 미켈란젤로 같은 답변인가!

시스티나 성당의 천장에 그림을 그리던 미켈란젤로는 누가 알아주지도 않을 귀퉁이에도 정성을 다해 그림을 그렸다. 자신의 떳떳함을 위함이고, 자기 작품에 대한 기준을 지키기 위함이었을 것이다.

그런 것이야말로 진정한 자존감이 아닐까?

나는 그날 친구의 아내에게 쫄았고, 그녀에게 반했다. 친구가 정말 멋진 분과 결혼했다고 기뻐했고, 명분 찾아 격양된 나를 부끄러워했다.

　보이는 명분이 뭐 그리 중하다고 소리를 질러댔을까? '와, 진짜 센 건 따로 있구나.'

　사람이 뭐 하루아침에 바뀔 수야 없겠지만. 요즘 나는 '그냥'이 싫지는 않다. 나도 그냥 그러고 싶은 날이 있고, 특별한 이유를 모르겠지만 찾게 되는 장소가 생기고, 덮어놓고 그냥 좋은 사람들도 있고, 왜인지 몰라도 목소리 한번 듣고 싶어 전화를 걸기도 한다.

　어금니 꼭 깨물고, 두 주먹 꼭 쥐고, 눈 부릅뜨지 않아도 되는 자존감 높은, 고요한 카리스마를 배우고 싶다.

사랑 얘기를 좀…… 해볼까 합니다만.

나는 사실 사랑에 대해서 할 말이 별로 없는 사람이다.

받아 본 적은 있으나 그것이 사랑인 줄 모르고, 받은 사랑을 돌려줘 본 적 없는, 사랑 무지렁이다.

내 첫사랑은…… 어린 왕자…… 후후 뭐, 이런 쓸데없는 소리는 치우고.

내가 기억하는 내 첫사랑은 짝사랑이었다.

학창 시절 국어, 영어, 체육, 미술 그리고…… 뭐 어떤 과목들이 있었더라? 어쨌든, 문예 방면에 재미를 느끼고, 성

적도 그쪽에서 평균을 올렸다. 수포자(수학 포기자)? 당연한 거고. 과학…… 아…… 과학은…… 침대인가?

그러던 어느 날. 그가 교실 문을 열고 들어왔다. 볼이 붉어지니, 첫눈에 반해버렸다.

물리(物理). 물리. 이름부터 별로이다. 물은 뭔 물이고 리는 뭔 리지? 모든 물질의 이치.

그 시절의 나는 문리(文理)는 재밌어했는데…… 한 번도 부끄럽다고 생각하지 않았던 40점 남짓한 내 물리 과목 시험 점수가 처음 부끄러웠다.

이제 와 생각하면 선생님 얼굴을 바라보느라 집중한 건지, 내 시험 점수를 선생님께서 알게 될까, 두려웠던 건지 확신이 서지 않지만, 일주일에 두 번 있는 물리 수업 시간에 나는 초고도의 집중력을 발휘할 수 있었다. 수업 시간이 아니어도 물리 공부를 별도로 하기까지 했다. 학기가 끝날 무렵 치렀던 기말고사에 물리 시험지를 받아서 들었던 순간이 아직도 기억난다. 생애 처음 느꼈던 기분이라 아마 사는 동안 쉬이 잊지는 못할 것 같다. 모든 문제를 풀 수 있었기 때문이다. 수학, 과학 과목은 늘 기도와 운에 기댔고, 내 능력이 아닌 초능력으로 찍어 맞춰냈던 몇몇 정답만이 있을 뿐이었다. 친구들과 모여 임시 채점 해 본 결과 물리 과목 시험 문제를 모두 맞혔다. 지금 생각해도 정말, 웬일이니*!!*

중간고사가 끝나고 나는 교무실로 불려 갔다. "물리가 너 오래*!*" 그 한마디 말에 나는 내 첫사랑 물리 선생님과 1 대 1 대면을 하게 된 설렘을 주체할 수 없었다.

'나를 칭찬해 주시려는 게 분명해. 아이참, 어쩌지? 시험을 괜히 잘 봤나?' 교무실로 가는 그 길에 별의별 생각을 다 했다. 물리 과목에 100점을 받다니*!* 다른 과목 성적은 특별히 달라진 게 없었다. 그러니 분명, 선생님께서 내 노력을 알아봐 주신 거로 생각했다.

그날 교무실에서 나는 무릎을 꿇고 앉아 재시험을 보게 되었다. 당시 나의 담임을 맡았던 선생님과 내 첫사랑 물리 선생님을 앞에 두고…… "이놈아! 커닝하려거든 요령껏 했어야지. 입학과 동시에 3, 40점 내리받던 녀석이 갑자기 100점 맞으면, 그게 안 이상한 게 더 이상한 거 아니냐?" 담임 선생님은 내가 재시험을 치르는 동안 두꺼운 나무 지시봉으로 내 정수리를 족히 10대는 내리치셨다. 내 첫사랑 물리 선생님은 그저 말없이 내 재시험 과정을 지켜보셨다.

울면서 재시험을 치르고, 전부 다 맞춘 나를 보며 두 분 선생님은 머리를 긁적이며 당황하셨고……

내 첫사랑은 그날, 그 자리에서 끝났다.

성인이 되고 난 뒤에도 내 사랑은 학창 시절 그때와 아주 다르지 않았다. 성적을 잘 받아서 보여주고 싶은 마음으로 연애했다.

애인 앞에서는 술 마시고 흐트러지는 모습을 보이고 싶지 않아서 데이트할 때는 술을 적게 마시고 들어가는 길에 친구들을 불러 코가 비뚤어지게 더 마시곤 했다.

박봉과 더불어 퇴근은 고사하고 며칠씩 제대로 씻지도 못하는 방송 프로덕션 연출부 생활은 데이트할 때마다 나를 긴장시켰다. 졸리고, 씻고 싶고, 쉬고 싶고 무엇보다 데이트할 짬이 잘 나지 않아서 더 자주 보고 싶었던…… 첫 번째로 연출에 이름을 올린 데뷔작을 들고 만났던 당시 애인의 말은 죽는 날까지 나에게 양날의 검이 되어 줄 것이다. "멋지다. 나는 네가 멋져서 더 좋아. 앞으로도 네가 주인공이 되는 일만 해."

그리고 얼마 지나지 않아 그는 결혼했다. 그가 "오지는 않겠지만……"이라며 건넨 청첩장에는 이렇게 씌어 있었다.

《나를 언제나 주인공으로 만들어주는 사람을 만나 평생을 함께하고자 합니다.》

청첩장을 북 북 찢어버리면서 많이 울었는데……

그 뒤로도 나는 그냥 잘하고 싶었다. 잘.

배곯는 연극배우 생활을 하면서 분식집만 데려가던 상

대에게는 "정말 큰 배우가 될 거다. 희망을 잃지 마라. 잘하고 있다. 나 분식 정말 좋아한다." 했다. 거짓말이었다. '꿈 좇다가 뭐 되는 사람 많이 봤는데…… 재능이 별로 없는 거 같은데……' 생각한 적이 많다. 무엇보다 나는 육식주의자다. 분식은 1년에 한두 번이나 먹을까.

큰 욕심 없이, 출퇴근할 수 있는 일이 있어 좋다는 청년에게는 성실함은 누구나 가질 수 있는 무기가 아니라는 말로 거짓 위안 삼았지만, 야망이 없는 사람은 어항에 갇힌 물고기와 다를 바 없다고, 바다는 꿈도 못 꾸는 찌질이라고 생각했다.

지나친 효자였던 어떤 청년에게는 부모한테 잘하는 사람은 모두에게 상냥할 수밖에 없다고, 효자가 안 훌륭한 거면 누굴 훌륭하다고 말할 수 있겠냐면서, 입바른 칭찬을 해 댔지만, 사실은 데이트도 엄마 허락 맡아 하는 마마보이 ㅅ……ㄲ라고 생각했다.

나는 늘 딴생각에 젖은 채로 사랑했다. 진짜 있는 그대로 그 사람이 좋은 것. 단점도 좋은 것, 마냥 좋은 것, 그런 건 잘 몰랐다.

고열에 시달리다 눈을 뜬 병실에서 걱정 가득 어린 얼굴로 몇 번이나 수건을 바꿔가며 간호하고, 나를 바라보고 있던 눈동자를 본 적이 있다.

엘리베이터 문이 열린 순간, 무엇에 그리 지쳤는지 축 늘어뜨린 어깨로 바닥만 내려보다가 고개를 올려 들어 앞에 선 사람이 나인 것을 알아채고 환하게 밝아지던 표정에서 패는 오른뺨의 보조개를 본 적이 있다.

데이트를 마치고 각자의 방향으로 돌아설 때 몇 번이고 뒤돌아보고, 건너편 플랫폼에 서서 내가 탄 열차의 유리창 안을 들여다보며 나를 찾으려 눈동자를 굴리다가 마침내 내 모습을 찾아내고 환하게 웃으며 흔들던 손을 본 적이 있다.

그렇게 온전히 마음이 느껴지는 사랑을 받았는데, 나는 온전하게 사랑하지 못했다.

나에게 사랑은…… '잘해 내야 하는 어떤 일', '좋은 점수나 평가를 받을수록 좋은 일', '한 번도 안 싸우는 커플이 좋은 커플 아니겠어?' 따위의 것이었다. 그러나 결론적으로 나는 좋은 성적표를 받아서 들어 본 적이 없는 것이다. 애를 쓰고 노력하는 것, 참아내고 감추는 것, 꾸며내고 끊임없이 만들어 내야 하는 것, 그렇게 항상 피로감이 쌓여갔다. 쌓인 피로에 지치면 그걸로 끝이었다.

사랑은 분명 아름다웠지만 피곤하기도 한 것이었다. 항상 뭔가 숨기고, 감추고, 위장하고, 보완하고, 그녀에게 용기를 주고, 위로하고, 그녀를 사랑한다는 사실을 끊임없이 증명하고, 질투심과 고통과 꿈에서 비롯된 비난을 감수하고, 죄의식을 느끼고, 자신을 정당화하고, 용서를 구해야만 했다.

【참을 수 없는 존재의 가벼움】밀란 쿤데라 지음 l 이재룡 옮김 l 민음사 펴냄

사랑을 노력했다. 그리고 최선을 다했으니 되었다고, 스스로를 달랬다.

학창 시절, 물리 시험지에 100점을 받아 들고 쓰디쓴 첫사랑의 고배를 마시기 전까지 나는 연애편지 대필로 꽤 유명세를 날렸었다. 나는 편지를 받는 상대 학생들의 심금을 여럿 울렸었다.

한 번은 편지 대필이 발각되었던 일이 있었다. 한 학년 위 남자 선배가 당시 우리 반 교실로 찾아왔다. 좀 불량스럽기로 유명해서 교내에 존재를 모르는 이가 몇 없던 선배였기 때문에 나는 겁을 좀 먹었던 걸로 기억한다.

"이 편지 네가 썼냐?"며 무서운 얼굴을 하기에 눈물까지 글썽거렸는데, 부탁이 있다며 일주일 치 반성문을 좀 써달라는 것이다. 이런, 이런. 그렇게 가슴에 가닿는 사랑을 표현할 줄 아는 사람이었는데……. 마치 내 마음을 전하듯 한 글자 한 글자에 꾹꾹 마음을 눌러 담을 줄 았는데 말이다.

그 감성의 반만도 내 사랑하는 이들에게 전달하지 못한 채, 어른이 되었고, 나이 들어 버렸다. 아쉽다.

  시쳇말로 설렘을 느낄 수 없는 나이가 되어버렸다. 심쿵 하면 병원을 찾아야 하는 나이가 되어버린 것이다.

  혹시, 나에게 다가올 사랑이 남아 있다면, 노력은 그만할 것이다. 그저, 마음이 가는 곳에 마음을 두고, 하고 싶은 말을 하면서, 서운하면 서운해하고, 싸울 일이 생기면 싸워 재낄 것이다. 그리고 진짜로 사랑할 것이다.

  혹시…… 남아…… 있다면.

나이가 든다고
다 어른이 되는 것은 아니지요.

 저절로 되는 건 줄 알았다.

 어른이 되면, 누군가의 말에 쉽게 흥분해서 열을 내거나 어찌해 볼 수 없이 벌어진 일에 깊게 상처받지 않을 줄 알았다. 어떤 일이든 상황을 객관적으로 바라볼 수 있게 되면 쉽게 두려움을 느끼거나, 흥분해서 일을 그르치거나 오히려 일을 크게 만드는 짓을 하지 않게 될 줄 알았다. 함부로 누군가에게 반해버리거나 오래 정답게 지내다가 쉽게 정나미가 떨어져 버리거나 하지 않을 거로 생각했다. 그저 나이와 함께 그런 능력이 저절로 생겨나는 건 줄 알았다. 40대가 되면 '불혹'이라는 그 이칭이 담은 의미처럼 쉽게 미혹되어 판단을 흐리는 일이 없을 줄 알았다.

불혹의 한중간에서 사랑에 목숨 걸고 달려들었다가 울고불고하지는 않지만, 매사에 상처받고 자존심을 다치지는 않지만, 누군가를 미워하는데 쓸데없이 에너지를 낭비하지는 않지만…… 맥락 없이 더 크게 화를 내고 흥분하게 되는 일도 있다. 이따금 더 깊고 서글픈 상실감에 무너지기도 한다. 갖고 싶은 마음 때문이 아니라, 가지지 않으면 안 되는 마음이 생겨나고, 부끄러운 일에는 그놈의 나이 덕에 더 의연할 수가 없게 된다.

몸이 아프면 아픈 대로, 마음이 아프면 마음이 아파서 자꾸 무너진다. 누가 부동산에 투자해 돈을 많이 벌었더라는 얘기를 들으면 혹해서 부동산 투자 관련 책을 사 모으거나 콘텐츠를 찾아 웹을 뒤진다.

젊은 나이에 큰 병에 걸려 죽을 날을 받아 놓았다는 동기의 소식에 가슴이 아프기에 앞서 겁이 덜컥 나면서 온갖 건강기능식품을 검색하고, 쇼핑몰 장바구니에 잔뜩넣는 내 모습과 마주하게 된다. 드라마 대사 한 줄에 울게 된다. 정말 극혐(극단적 혐오감이 드는)이었는데, 그렇게 된다. 별 뜻 없는 가족의 말 한마디에 몇 날 며칠을 입을 꾹 닫은 채 집안 분위기를 난장판 만든다. 20대의 내가 보면 자다가 벌떡 일어날 일 아닌가? 지질하기 짝이 없는 일이 글쎄, 일어나더란 말이다.

사소한 일들을 대면하여 늘 중심에 머물 수 있으면 그보다 더 큰일에도 중심을 지킬 수 있음을 깨닫게 될 것이다. 시간이 지나면 당신은 정말 중대한 문제 앞에서도 중심을 지킬 수 있다는 것을 발견할 것이다.

【상처 받지 않는 영혼】마이클 싱어 지음 |
이균형 옮김 | 성해영 감수 | 라이팅하우스 펴냄

중심에 머무는 일이 그냥 되는 건 줄 알았는데 훈련과 수련, 수양이 필요하다는 것이다.

얼마 전 일을 마치고, 집에 가도 먹을 것이 없는 텅 빈 냉장고를 기억해 내고 김밥이라도 한 줄 사서 들어가야 하겠다는 생각으로 상가 지하 주차장에 주차하고, 김밥 한 줄을 포장해 왔다.

주차장에서 현관을 향하는데, 자동차 앞 범퍼 부분에 커다란 스크래치가 보이는 것이었다. 블랙박스를 돌려 보니 어떤 차 한 대가 내 차를 스치고 지나가는 것이 보였고, 주변 지인들에게 물어보니 경찰서 교통과에 뺑소니 신고를 해야 한다는 것이었다.

블랙박스 영상을 볼 때까지만 해도 얼마든지 일어날 수 있는 일이라고 대수로이 생각하지 않았는데 '뺑소니'라는 세 글자에 이상한 두려움과 분노가 동시에 솟구쳤다.

운전만 25년을 했는데도, 가벼운 접촉 사고부터 병원 신세를 지게 된 경우까지 교통사고도 몇 차례 경험했는데도 참을 수 없이 화가 나고 부들부들 떨리도록 무서웠다.

침착하고자 정신을 집중하고, 커피도 한 잔 마시고 흥분을 가라앉힌 후 관할 경찰서 교통과에 우선 전화를 걸어 대략의 내용을 전달하고, 신고 절차를 밟으러 경찰서로 갔다.

경찰서 입구를 통과하는데, 그때부터 뭔지 모를 중압감에 몸이 움츠려졌다. 내가 죄를 지어 경찰서에 붙들려 온 것도 아닌데, 경찰서라는 공간이 주는 묘한 압박감이 있었다. 더구나 저녁 시간이라 교통과 담당자가 퇴근했다며 동료 경찰에 대신 부탁했다는 말을 전해 들었는데, 그곳이 정확하게 어디였는지는 기억이 나지 않지만, 철문을 여러 번 열고 들고, 나고 해서 도착했기 때문에 기분이 더 그랬다.

신고서를 작성하고 담당 경찰의 전화번호를 받아 나와 차에 올라타고 나니 그제야 긴장이 풀리면서 헛웃음이 나왔다. 이렇게 긴장할 일인가 싶었다. 경찰관이 무서운 인상의 강력계 형사인 것도 아니었다. 훈훈한 외모를 가진 데다 친절하기까지 했는데도 말이다.

다음 날 경찰서에서 전화가 왔고, 담당 경찰의 이야기를 듣고 듣고 있던 전화기를 떨어뜨릴 뻔했다. 이야기는 이러하다.

내 차량 블랙박스 영상으로는 가해 차량의 번호가 확인되지 않아 사고가 있었던 건물에 협조를 요청해 CCTV를 확인했으며, 차량 번호 조회를 통해 가해 차량 운전자와 통화할 수 있었다는 얘기다.

가해 차량은 사고를 내고 주차장에서 지켜보고 있었으며, 내가 사고 내용을 인지하지 못하고 가길래 그냥 갔다는 것이었다.

너무나 화가 났다. 가해 차량 운전자가 상황을 지켜보고 있었다는 것과 내가 모르는 것 같아 그냥 갔다는 것. 그리고 그 내용을 태연하게 전하는 경찰에게 화가 났다.

더구나 사고 규모가 크지 않고, 범퍼 조금 상한 것 같으니, 가해 차량 운전자가 직접 합의 의사를 전하고 싶다는 것이다. 통화를 해 보겠냐면서, 내 연락처를 줘도 되냐고 했다.

'이것이 상식적인가?' 소름 끼치게 무섭고 정수리가 뜨겁게 화가 났다. 담당 경찰에게 직접 통화할 이유가 없다고, 보험회사를 통해 연락 달라고 겨우 말하고 전화를 끊었다. 그리고 보험회사를 통해 사고 처리는 잘 마쳤다. 차량 수리가 진행되는 시간 동안 괜한 불안감에 싸여 있었다.

수리를 마친 차량에 올라탄 다음에야 생각이 많아졌다. 그 어떤 것도 상식적이라고 생각되지 않아서였다. 가해 차량 운전자의 태도, 담당 경찰의 사건 처리 방식. 그리고…… 나. 나 말이다. 왜 그렇게까지 감정적이었나 싶어졌다. 분노, 두려움, 당혹감 등 그동안 느꼈던 모든 감정이 갑자기 낯설게 느껴지는 것이었다.

그럴…… 일인가?

어쩌면 가해 차량 운전자는 내가 차량에 도착하면 내려서 상황을 설명하고, 사고 처리를 위해 최선을 다하려고 하다가 타이밍을 놓친 걸지도 모른다. 또, 직접 통화해서 사과하고, 피해 정도를 파악한 뒤에 배상하려고 했을지도 모른다.

담당 경찰은 정말로 사고가 경미하다고 판단했을 수도 있고, 가해 차량 운전자와 통화해 보고 연결해도 괜찮은 사람일 거라고 판단했을 수도 있다.

나는 '뺑소니', '지켜보고 있었다.', '연락처를 전달해도 될까요?'라는 말들 때문에 혼자 상상의 나래를 펼치고 두려움에 떨고, 분노를 느꼈는지 모른다.

물론, 내가 상상한 대로 나쁜 의도로 '피해자만 모르면 넘어가자.' 했을 수도 있고, "그거 내가 지켜봤는데, 얼마 큰 사고도 아니니, 한 돈 10만 원 보내겠다." 했을 수도 있다. (옛날엔 비일비재한 일이었다.)진실이 무엇이

든 결론적으로 잘 처리되었는데, 나는 사소한 일에 내 온
갖 나쁜 감정을 다 쏟아부어 나를 괴롭힌 것이다. 중심을
지키지 못한 것이다.

 불혹에도 매사에 쉽게 흔들리는 일이 어디 그뿐이겠나.
 내가 딱 마흔 살 되던 해에 있었던, 웃기지만 웃을 수 없
는 일이 기억 나서 부끄럽지만, 더 적어본다.

 친구와 저녁 식사 약속이 있어 나갔는데, 우연히 시간
과 장소가 겹친다며 친구의 지인과 합석하게 된 일이 있
었다. 불편했지만, 오랜만에 연락이 닿은 친구라며 부탁
하기에 그렇게 하기로 했다.

 특별히 다시 볼 일이 있을 만한 사람은 아니어서 크게
신경 쓰지 않은 채 차를 한 잔 마신 후 시간이 되어 저
녁 식사 자리로 옮겼다. 낯가림도 있는 데다 불편한 사
람과의 식사를 극도로 피하던 나였기에 음식이 나올 때
까지 허공을 바라보며 가벼운 대화를 이어가고 있었다.

 음식이 나오고 숟가락을 들려고 하는데 친구의 지인이

부드러운 눈빛과 말투로 "꼭꼭 씹어 드세요." 하고 말하는 것이었다.

 그 순간 왜 심장이 쿵 내려앉았는지 도통 모를 일인 것이다. 내가 그때, 따뜻한 말 한마디가 그리웠던 것인지 어린 시절 이후 처음 들어 본 '꼭꼭 씹어 먹으라.'라는 자상한 말 때문인지 몰라도, 얼굴이 붉어졌었다. 뭐, 여기저기 함부로 반하고 다녔던 시절도 있지만, 남사스럽게 말 한마디에 반해 버린 것이다. 나중에 친구 통해서 가정이 있는 분이라 기에 식사 전에 아이들에게 하는 말을 습관처럼 했겠구나, 생각하고 깨끗이 마음을 접었지만, 정말이지 낯 뜨거운 일이 아닐 수 없다.

 불혹 아니라 불혹 할아비가 되어도 흔들릴 사람은 흔들린다. 스스로를 단단하게 수련하지 않은 사람은 누구라도 어디에라도 무엇에라도 홀릴 수밖에 없는 것이다.

 산책 삼아 호숫가에 자주 나가는데, 벤치에 앉아 하늘, 구름, 나무 같은 것들을 한참 바라보게 되는 날이 있다.

하루는 바람에 나부끼는 나뭇잎을 멍하니 바라보다가 같은 바람에도 유난히 위태롭게 흔들리는 잎사귀를 발견했다. 다른 잎들은 그저 살랑거리며 바람을 느끼고, 즐기는 것 같은데, 저 잎은 어쩌면 그렇게 팔랑팔랑 흔들리면서 곧 떨어질 것 같은 건지. '꼭 나 같구나.' 생각했다. 꼭 붙들고 잘 매달려 있으라고 다들 응원해 주는데도 언제 잊었고, 무엇을 놓았기에 곧 추락할 것처럼 흔들리는 것인가.

나는 그저 묵묵하게 나를 바라봐 주는 가족들의 얼굴을 하나하나 떠올렸다. 그분들이 보시기에 나는 얼마나 위태로울까?

편안해지기를 바란다며 내 방황과 떠난 여행에 응원을 불어넣어 주던 친구들의 얼굴을 떠올렸다. 그들이 보기에 나는 또 얼마나 조마조마할까?

그래도 벤치에서 일어나 발걸음을 돌릴 때까지 떨어지지 않고 매달려 있어 줬던 나뭇잎에 그런 모습으로 있어

쳐서 고맙다고 속삭이고, 앞으로는 바람을 즐길 줄도 알아가며 잘 매달려 보겠다고 다짐하고 돌아왔다.

중심에 머무르는 법을 알게 되는 때까지 수련하고, 수양하는 것을 게을리하지 않겠노라고. 나를 탐구하고 나를 사랑하는 일에다 전념하겠노라고. 자신의 길을 찾아내겠노라고.

나를
넘어뜨린
나에게

Chapter.3

나를 넘어뜨린 나에게

그럼에도 불구하고 살겠습니다.

 살고 싶다, 라기보다는 살아야겠다…… 생각하게 되는 게, 처음에는 낯선 느낌으로 다가왔다. 살고 싶다는 바람보다, 살아내야겠다는 의지 같은 게, 처음에는 죽음이 두려워서 그러는 건지 의심했다.

 모든 죽음을 내가 판단하거나 정의할 수는 없지만, 어떤 이의 그것은, 선택으로 이룰 수 있는 죽음은…… 어쩌면 진짜 선한 것인지도 모르겠다. 약해빠져서가 아니라 나쁘지 않고, 모질지 못해서…… 스스로가 나빴다는 것을 인정하고, 스스로가 모진 것을 알아서 부끄러웠다면 죽을 수가 없는 것이 아닐까?

> 강은 빠지는 곳이 아니라 건너가는 곳임을. 다리는 건너는 곳이지 뛰어내리는 곳이 아님을. 눈물이 멈추지 않았다. 부끄럽지만 살기로 했다. 죄스러움을 지니고 있기로 했다. 도울 것을 돕고 나눌 것을 나누고 내 몫의 욕심을 가지지 않겠다.
>
> 【불편한 편의점】김호연 지음 | 나무옆의자 펴냄

'삶이란 어떻게든 의미를 지니고 계속된다는 것을 기억하며, 겨우 살아야겠다.'라는 소설 속 독고의 이야기가 나에게 와닿아 다시금 떠올리게 된다.

나는 어떻게 살기를 결심했는가! 어떻게 살기로 다짐했는가!

살아있는 순간순간을 소중하게, 감사하게 여기기로 했

다. 가족을 사랑하고, 나의 소중한 사람들을 사랑하고, 누구든지 사랑하고, 인류를 사랑하기로 했다. 나는! 좋은 사람이 되기로, 좋은 어른이 되어가며 살기로 결심한 그 밤을, 단 한 순간도 잊지 않기로 다짐했다.

나는 우선 반성문을 쓰기로 했다. 지난날을 돌아보고 후회하느라 또 자신을 괴롭히는 대신, 나는 나의 잘못을 인정하는 것부터 시작하기로 한 거다.

분노는…… 그들이 잘못을 인정하지 않기 때문인 경우가 많다.

누구나 실수하고, 누구나 잘못을 저지른다. 정말 많은 잘못을 저지른다. 그리고 스스로 그 잘못을 모른 채로, 자신을 용서한 채 살아가는 사람들이 많다.

용서의 사전적 의미는 《지은 죄나 잘못한 일에 대하여 꾸짖거나 벌하지 아니하고 덮어 줌.》 이다. 그 의미 그대로 덮어둔 채 살아가며 자신은 용서받았다고, 아니, 잘못한 것이 없다고 생각하면서 살아가는 고통의 짐을 짊어진 것이다. 그것이 고통인 줄도 모르고.

어쩌면 '용서'라는 것은 세상에 없는 것일지 모른다. 그저 관념어로 편의를 위해 존재하는 낱말에 지나지 않는 것이다.

줄리언 반스의 소설 【예감은 틀리지 않는다】를 읽어보면 인간의 잘못은 어디까지 책임질 수 있을까, 에 대해 생각하게 한다.

노인이 된 주인공 토니 웹스터는 그의 어린 시절 친구였던 에이드리언의 자살에서 비롯한 사건들을 경험하면서 자신이 잘못 기억하는 과거 자신의 잘못된 행동을 깨닫게 된다.

나는 분명히 이렇게 기억하고 있는데, 대화하다 보면 내 기억이 맞는지 상대의 것이 옳은지 확실히 알 수 없어 각자 자신의 기억을 사실이라 주장하는 경우가 꽤 자주 있다.

인간은 기억을 왜곡하는 동물이라고 한다. 그래서 인간

삶에는 억울한 일도 생기기 마련인지 모른다.

 제대로 기억하지 못하는 것은 잘못일까?

 몰랐다면, 죄가 아닐까?

 누군가의 상처가 나에게서 비롯된 것인데, 나는 기억을 하지 못하고 있다면? 혹은 내가 몰랐던 어떤 사실 때문에 본의 아니게 누군가에게 상처를 줬다면?

 정답을 찾으려던 것은 아니다. 그래도 나는 잘못한 거로 생각한다. 사과해야 한다고 생각한다.

 그러나 용서는 또 다른 문제이다.

 "당신을 용서한다." 라고 말해도 상처는 지워지지 않을 거다. 상처받기 전으로 돌아가 모든 것을 원래대로 돌려 놓을 수는 없는 것이다.

 그럼에도 불구하고 충분한 반성과 잘못을 바로잡으려 는 노력, 그리고 자기 자신에 대한 진정한 사랑이 있어 야 비로소 타인을 사랑하고, 존중하며 다시 살 수 있을 거로 생각했다.

스스로를 사랑하는 것. 그것은 덮어놓고 자신의 편에서 자신만을 생각하고, 자신의 이익만을 좇고, 자신을 뽐내고, 자신을 변호하고, 자신을 위해서라면 타인을 해하여도 된다는 뜻이 아니다.

나는 타인을 이해하고 사랑하기 위해서 온갖 자기 구박 행위에 종지부를 찍겠다고 다짐한 것이다.

우선 나는 스스로를 고립시켰다. 생계를 위한 최소한의 일을 제외한 모든 관계를 유보한 환경을 만들었다. 그리고 생각하고, 반성문을 쓰고, 명상하고, 책을 읽고, 공부한다. 그것이 내가 내 인생을 지금, 이 자리에 가져다 놓은 데 대한 잘못을 인정하는 것이고, 반성하는 것이며, 앞으로의 인생을 바로잡을 명분이자 용기이다.

이전의 나는 매일 꾸역꾸역 일어나 아침을 맞았다. "죽겠네. 죽겠네."를 입에 달고 살았다.

이제는 아침에 눈을 뜨면 스스로에게 말을 건넨다. "잘 잤네. 오늘도 잘 해보자!" 그렇게 달라진 아침은 가족들이 먼저 눈치챘다. 통화할 때면 언제나 낮게 깔린 목소리로 "여보세요." 했던 내가 먼저 전화를 걸어 "안녕히 주무셨어요?" 묻고, "굿모닝~ 별일 없지?" 하고 묻는다.

허리가 아프면, "허리 아파 죽겠네." 대신 "허리가 좀 아프네, 잠깐 앉았다 할까?" 스스로에게 말한다.

짜증 나는 일이 있으면 "뭐, 그리 짜증 낼 만한 일도 아니네." 한다.

오늘도 이웃집에서 피아노를 친다. 밤이 깊었는데……

처음에는 편두통까지 유발해서 약을 먹으면서 신경질을 냈다. 지금은 10살 조카가 치는 거라고 생각해 보자, 한다. '오늘은 좀 늘었네. 대견하군. 호호 또 실수했네. 연습하면 돼.' 하고 떠올려 보았다. 마음이 한결 나아졌고, 조카가 보고 싶어졌다.

또, 오늘은 일 때문에 나갔다가 잠시 걷고 싶어, 친구에게 길에 내려달라 부탁하고 길을 걷다가 "예수를 믿어라!" 외치는 사람을 마주쳤다. 그가 나에게 말을 걸어왔다. "예수를 믿는가? 그렇지 않으면 당신은 지옥 불에 떨어질 것이다!" 다른 때 같았으면 나는 극심한 저주의 말을 골라 그에게 되돌려 줬을지도 모른다. 그러나 나는 말했다. "신의 가호가 당신에게 닿기를……"

　나에게는 시간을 되돌리는 능력 같은 게 없다. 그래서 모든 것을 완벽하게 되돌려 놓고, 지금 최상의 상태를 유지할 정도로 세팅할 수는 없다. 그래도, 오늘의 나에게 말하는 것이다. "내일은 오늘을 후회하는 일이 없길 바란다."라고. 그런 오늘이 쌓이면 나는 언젠가 반성문이 아니라 성공담을 쓸 수 있는 날이 올 수도 있지 않을까?

겁날 때 괜한 합장을 한번 해 봅니다.

성산일출봉을 보면서 두 손을 모으고 무릎을 굽혀 엎드리며 나는 자주 뭉클한 기분에 사로잡히고 정말로 뭔가를 믿고, 또 소원을 빌고 싶어진다. 종교가 있는 사람들은 좋겠다. 뭔가를 빌 곳이 있는 사람들이 부럽다. 한 치의 의심도 없이 자기 나약함을 그곳에 기대 세워두고 쉴 수 있는 사람들은 정말 좋을 것이다.

【실패를 사랑하는 직업】 요조 지음 | 마음산책 펴냄

대략 15년 전쯤 무대 위, 멜로디언을 든 어여쁜 가수를 봤다. 또 살면서 그녀의 여러 작업을 만나게 되었다. 그때마다 반가웠고, 그때마다 나는 그녀의 팬이 되었다. 책을 사랑하는 사람이라 더 좋았다. 그녀의 활동명 역시, 내가 사랑하는 책의 주인공 이름이란다. 요조……

이번에 그녀가 쓴 책 역시 제목, 표지부터 좋았다.

그리고 그녀가 적어 놓은 문장들 하나하나에 눈길을 주다가 괜히 코가 시큰해지기도 하고, 깔깔거리며 웃기도 했다. 그리고 생각에 빠지는 것이다. 혹시…… 나도 그녀처럼 뭔가를 믿고, 소원을 빌고 싶은 것은 아니었을까?

나는 기댈 곳이 필요하면 침대 안에 들어가 머리끝까지 이불을 뒤집어쓰고 무릎을 꿇고 엎드려 눈을 꼭 감는 버릇이 있다. 세상 아무도 모르는 나만의 버릇. 내가 두려워하고 있다는 것을 들키기 싫었다. 나는 나의 대담함을 자랑하진 않았는데, 나의 나약함은 감추고 싶어 했다.

어린 시절에는 예수교 예배당에도 나가 봤다. 부활절에

는 내가 좋아하는 삶은 달걀을 예쁜 셀로판지에 싸서 나눠줬기 때문에 무조건 따라갔고, 가끔은 초코파이와 사탕 몇 개 때문에 들르기도 했다.

들로, 산으로 놀러 나갈 때면 사찰에 들러 향을 피우고, 할 줄도 모르는 절을 올려 보기도 했었다.

그리고 오랜 시간 동안 종교적인 믿음에는 기대하는 바가 없어 이른바 '무신론자'로 살아왔다.

종교에 대한 나의 기억은 좋았던 것과 나빴던 것이 모두 있는데, 나쁜 기억을 먼저 털어놓고, 좋은 기억을 나중에 적어야겠다. 싶다. 뭔가 해피엔딩 같아서?

이십 대 때 일이다. 같은 클래스에서 수업을 듣는 친구가 기독교인이었고, 나를 전도하고 싶어 했다. 교회에 다니면 이런 게 좋고, 저런 것도 좋으며…… 장황하게 설명했다. 그리고 나는 그 대화 도중에 자리를 박차고 나가 버렸던 적이 있다. 그녀는 수많은 얘기 끝에, 본인의 깊은 신앙심을 자랑하고 싶었는지는 모르겠지만 이런 말을 했다. "나는 부모님이 돌아가셨다고 해도, 그날이 주일이면 교회에 갈 거야."라고. 나는 귀를 의심했다. 그리고 그러면 안 되는 이유를 설명하려고 했고, 나는 그럴 수 없으니, 교회에 다닐 수는 없다고 했다. 그녀는 "그날 부모님이 돌아가시는 것은 모두 하나님의 뜻이기 때문에 너도 그것을 받아들이고, 하나님을 만나러 가야 하는 거야!"하고 눈동자까지 키워가면서 흥분하기 시작했고, 나는 조금 무서워지기까지 했다.

물론 지금 생각하면, "그래, 너는 정말 독실하구나. 기회가 되면 나도 너를 따라 교회에 한 번 가 볼게."라고 여유 넘치게 말하지 못한 것이 아쉽긴 하다.

해피엔딩을 위한 좋은 기억을 꺼내 적어야겠다.

결혼한 지 3년이 지나 어렵사리 조카를 가진 언니를 축하하면서 아버지가 말씀하셨다. "내가 용암사 가서 기도해서 보내주신 거야."

당시 나는 몰랐는데, 언니가 아기를 간절하게 기다렸

고, 그것이 부모님께 은근한 걱정거리였던 모양이다. 여기저기 유명하다는 사찰을 찾아 정성껏 절을 올리곤 하셨단다. 그리하여 우리 가족은 경기도 파주에 위치한 한 사찰에 매년 등을 올린다. 나는 뭣 모르고 따라다니고, 가족들이 마음이 편하다 하니, 나도 그렇게 초를 켜고, 절을 올리고 했다.

파주에 신혼집을 마련한 친구를 보러 가서 멀리 간 김에 "절에 가서 기도나 올리자."라고 하고 함께 나서 그 사찰로 향했다. 친구도 나도 아마 뭔가 마음 복잡한 일이 있었던 것 같은데, 지금은 기억에 없다. 특별한 일 없이 그렇게 절을 올리고, 뭔가를 빌고 내려오는데, 사찰 주변을 정돈하고 있던 인부 한 사람이 나와 눈을 맞추며 합장하고 말씀하셨다. "원하는 것, 다 이루십시오." 이에 나도 합장하고 감사 인사를 올리고 나와서 주저앉아 한참을 울었다.

누군지도 모르는 처음 본 사람이 마음을 담은 표정으

로 그렇게 기원해 주는데, 뭔지 모를 감동이 마구 밀려왔다. 그리고 마치 방금 빌고 온 소원이 꼭 이루어질 것만 같은 벅찬 기분이 들었다. 그분은 나를 잊었겠지만, 나는 그 어른이 가끔 생각난다. 그리고 도움이 필요한 사람을 보면 도울 방법을 생각하는 사람이 되어가고 있다.

 나는 타인에게 관심을 가지지 않았고, 길을 걸을 때도 땅만 내려다보는 사람이었다. 그 어른을 만나 감동하고 난 후 나는 길을 걷다가도 가끔 주위를 둘러보게 된다.

 가족들과 전주 한옥마을에 여행했을 때의 일이다. 한옥의 모양새를 멋지게 올린 카페에서 커피를 마시고 나오는 길이었다. 한옥마을의 빼놓을 수 없는 이벤트 중 하나는 한복 체험일 것이다. 곱게 한복을 차려입은 여성이 커피잔을 여러 개 올린 쟁반을 두 손으로 들고 조금씩 발에 밟히는 치마 끝단을 피해 한 발짝 한 발짝 위태롭게 계단을 오르기에 "실례가 안 된다면 제가 치마 좀 잡아드려도 되겠어요?" 하고 묻고 치마를 잡아 주어 그녀가 쉬이 계단을 오를 수 있게 해 주었다. 연신 고개를 숙이고 "감사합니다, 감사합니다." 말하는 그녀를 보고 내가 더 감동했는데, 그때 문득 그 파주 사찰에서 만난 어른이 떠올랐다. 종교적인 어떤 믿음이나 기대보다 따뜻한 말 한마디가 더 무겁게 다가와 위로를 주고, 감동을 전했던 그 순간이 떠올랐다. 그 어른은 내게 감동과 위안을 준 데 더해 나를 조금 더 따뜻한 사람으로 변화시키신 것 같다.

나는 나의 나약함을 부끄러워했고, 감추고 싶어 했지만, 어쩌면 그 어른은 그때의 내 나약함을 눈치채고 괜찮아질 거라고 응원해 주고 싶으셨던 것은 아닐까? 이제 나는 어디에라도 얘기할 수 있다. 그리고 여기에도 적을 수 있는 용기를 가졌다.

"내가 지금 겁을 집어먹었지, 뭐예요.", "용기 나는 말이라도 한마디 해 주실래요?", "곧 괜찮아지겠지요?", "지금 힘들어도 잘 이겨낼 수 있겠지요?"라고.

그리고 나는 누군가 힘들어 보인다면 마음으로 응원을 보낸다. 내가 모르는 사람이라도 상관없다. 요즘 세상에는 함부로 말을 걸거나 하는 것이 실례일 수 있기 때문에 마음으로 "곧 괜찮아질 겁니다. 지금 힘들어도 잘 이겨낼 수 있을 거예요."라고 속삭인다.

이웃집에서 사람들 여럿이 모여 예배를 드리는지 찬양하는 소리가 들려온다. 들리는 소리로 어림짐작하면 대여섯 명은 되는 것 같다. 솔직히 특정 종교에 반감을 남겨뒀던 나는 신경질 내면서 '언제까지 소음을 만들어 낼 건가?' 했을지 모른다. 하지만 지금은 그렇게 하지 않는 나를 발견하고 내가 더 놀란다. "저들을 구원하소서."라고 중얼거려 본다.

이제 두려움이 몰려오거나, 버거운 마음이 들면 나는 이불 속으로 들어가는 대신 그렇게 부처님일지, 어떤 다른 신인지, 수호천사인지, 도깨비일 수도 있는 이름 모를 존재를 생각하면서 두 손을 모아본다.

쫄지 않고 씁니다.

무언가 열심히 읽는 이유에 대해서는 이제 확실히 알았고, 스스럼없이 말할 수 있다. 그리고, 무언가를 읽는 이유는 다들 잘 말하고 있는 것 같다.

무언가를 열심히 쓰는 이유에 대해 질문을 받거나 말해야 할 때, 생각이 많아지는 것이다.

누군가에게 뭔가를 팔기 위한 글, 누군가를 설득하기 위한 글, 기획서나 대본 등의 밥벌이용 글을 써 왔던 내가…… 내 이야기를, 나를 위해 쓴다는 것을 무어라 설명하기란 쉬운 일이 아니다.

 거의 모든 관계와 거의 모든 일상, 거의 모든 일을 다 미뤄두고 매일 거의 같은 시간에 뭘 하는지 궁금해하는 친구가 하도 캐묻기에 나를 위한 글을 쓰고 있다고, 간단히 말했다. "일기?"라고 묻기에 "어…… 일…… 기 같은 거."라고 그저 대답했다. 자세하게 설명할 수 없고, 그럴 필요도 느끼지 못했다.

여기에 어떤 문학적 메시지가 담겨 있는지, 아무튼 그런 복잡한 건 도저히 생각할 여유도 없었고 또한 생각할 필요도 없었습니다. 아주 깔끔하다고 할까, 실로 단순한 얘기지요. 아울러 거기에는 아마 '자기 치유'적인 의미도 있었다고 생각합니다. 왜냐하면 모든 창작 행위에는 많든 적든 스스로를 보정補正하고자 하는 의도가 내포되어 있기 때문입니다.

【직업으로서의 소설가】무라카미 하루키 지음 | 양윤옥 옮김 | 현대문학 펴냄

그렇다. 나는 내가 쓰는 글에 문학적 메시지가 담겼는지 그냥 낙서 같은 건지, 도대체 무얼 어쩌자고 쓰는 건지, 그래서 뭘 쓰고 싶은 건지…… 생각할 여유가 없다. '자기 치유', '스스로 보정' 그게 뭐든.

세상에는 많은 글이 있고, 그 글들은 저마다 목적을 가지고 있을 거다. 그리고 지금, 이 순간에도 글이 쓰이고 있을 거다. 나의 목적은 그런 것이다. 살려고 쓴다. 감사하지만, 소중하게 다루지 못했던 내 목숨을 붙여 놓기 위해 쓴다.

나는 자꾸 뒤를 돌아다보고 후회하는 일이 잦아서…… 당장 지금과 다가올 미래를 망가뜨려 버리는 삶을 살았다. 그래서 잘못한 과거를 다 털어내려고 한다. 그리고 불가능한 일이었던, 내지는 기적과도 같은 일인, '변화'를 경험하는 현재의 순간을 기록하는 것이다. 그것으로써 당장 지금과 앞으로 다가올 미래를 망가뜨리지 않으려는 것이다. 온전한 관계와 멀쩡한 일상, 그리고 당연한 나의 일들을 위해서 몽땅 다 후회해 버리고 반성해 낸 후에 완전히 잊어버리기 위해 글을 쓴다.

 요즘은 '내가 하고 싶은 얘기 말고, 상대방이 듣고 싶은 얘기'를 써야 한다고들 한다. 여기저기에 흔히 말하는 '잘 팔리는 글쓰기'에 대한 정보가 널렸다. 나는 솔직히, 그것을…… 좋아하지 않는다, 더 솔직히…… 반대한다.

 니체는 타인을 위한 글쓰기를 질책했다. 충분하게 사색하고 영혼을 담아 글을 써야 한다고 했다. 내 생각에다 니체를 끌어놓는 것을 비겁하다고 한다면, 뭐 어쩔 수 없지만, 그리고 독자를 배려하지 않는 글쓰기를 나무랄지도 모르지만. 나는 나의 방식으로 쓰는 방법을 택했다.

 나는 혼자서 많이 생각한다. 시간을 거꾸로 돌리는 후회 말고, 생각한다. '나에게 무슨 일이 일어났나? 나는 무엇을 할 것인가? 나는 어떻게 살 것인가? 나는 누구인가?' 그리고 스스로 대화하는 것에서, 글쓰기를 하는 것에서 얻게 되는 것이 무한하게 값지고 무거우며, 찬란하다는 것을 느낀다. 이것을 설명하고 싶은 것이다.

다양한 방식으로 스스로를 보정하고, 자신을 치유하는 것이 주는 커다란 감동을 완전하게 느끼는 것. 그리고 나를 안다는 것. 나를 받아들인다는 것. 나를 사랑한다는 것. 그것이 얼마나 많은 사람을 사랑할 수 있는 힘을 주는 것인지, 알리고 싶다.

오늘도 눈을 뜨자마자 나의 이름을 불렀고, 말해 주었다. "고현정, 사랑해." 낯 뜨겁다. 솔직히 하기 싫다. 그리고 첫술에 배 안 부르다. 처음부터 진심으로 그렇게 느껴지지 않는다. 특히나 스스로를 가장 혐오하던 나 같은 사람에게 그것은 정말 너무나도 어려운 일이다. 하지만, 자꾸 말해보는 것이다. 습관을 하나 더 늘리는 것이다. 그리고 점차 달라지는 나를 발견해 내는 것이다.

도서관에 간다. '아…… 사람 많아, 좋은 자리가…… 없네.'하는 생각은 변화를 맞을 수 있다. "와, 많은 사람이 정말 열심히 사는구나. 나도 아자아자 파이팅' 할 수 있는 것이다. '와, 여기 자리가 있군, 땡큐, 땡큐.', '오늘 자리에는 독서대도 마련되어 있고, 디퓨저 향기도 아름답잖아!' 하게 된다. 도서관 앞 공원에 잠시 바람을 쐬러 나가니 동네 어린이집에서 단체로 산책을 나왔나 보다. 장난꾸러기 꼬맹이 덕에 선생님이 숨을 헐떡인다. 짝꿍 손을 잡고 아장아장 잘도 걷는 아이들은 선생님의 눈을 바라보다가 옆에 나무도 봤다가, 걷기 운동하시는 할아버지들도 봤다가 한다. 세상 모든 것을 신기하다고 느끼는 것 같다. 나는 그런 아이들을 보면서 도무지 미소 짓지 않을 수가 없는 것이다. 자리에 돌아와 앉아 책을 읽다가 건너편 책상을 바라봤다. 외국어를 공부하고 있는 학생, 꾸벅꾸벅 졸고 있는 어르신, 키보드를 열심히 두드리는 키 큰 아저씨, 앞에 펴놓은 책에는 눈길 한번 안 주고 연신 거울을 들여다보며 눈썹도 쓸었다가 콧구멍도 넓혀 보았다가 눈을 위로 치켜 떠 보기도 했다가 하는 예쁘게 생긴 남학생. 모두가 낯설지만, 모두가 아름답다고 느껴진다.

　한 사람 한 사람 얼마나 많은 이야기를 품고 살아가고 있을까? 저들은 또 얼마나 많은 사람들과 관계하면서 그 관계와 관계는 또 얼마나 많은 이야기를 품고 있을까? 모두에게 호기심을 느끼고, 그 모두를, 인류를 사랑할 수 있는 힘을 얻는 것이다.

인간 존재에 대한 생각까지 하게 되는 것이다.

나는…… 한때 인간 혐오에 빠져 스스로를 나락으로 떨어뜨려 본 적도 있고, 염세주의를 표방해 하루하루를 고통으로 채웠으면서도 그것이 삶의 본질이라고 우기며 살아 본 적도 있다. 맞고, 틀리고, 옳고 그른 것. 그런 것은 이제 모르겠지만, 나는…… 적어도 하루하루를 고통스럽게 보내지 않을 수 있게 되었다. 사색하고, 읽고, 쓰는 것만으로도 충분히 살아갈 가치가 있다.

나무가 많은 곳에 가면 숨쉬기가 편해지는 것이 온전하게 느껴지면서 '공기가 좋구나.' 할 수 있고, 깊은 잠에 빠졌다가 아침을 맞으면 '잘 잤다. 오늘 컨디션 끝내주겠군.' 할 수 있게 된 것이다.

물이 달고, 커피가 향기롭다. 발 시림을 잘 느끼는 내게 도톰한 양말이 감사이고, 이어폰 속 음악 한 자락이 가족에게 전화를 한 번 더 걸어보게 만든다. 어떤 책은 시간 가는 줄 모르게 재미있고, 어떤 글은 왈칵왈칵 감동적이다. 어떤 영화는 많이 생각하게 만들고, 어떤 콘텐츠는 아무 생각 없이 웃을 수 있게 만들어 준다.

나는 이렇게 나를 위한 글을 쓰는 방식으로 나를 발견하고, 세상을 발견한다. 사람을 궁금해하고, 인간을 사랑하게 된다. 글을 읽고, 쓰는 것을 통해 생존하고 있다. 스스로를 보정하고, 나 자신을 치유해 나가고 있다.

그러고 나서 내가 나를 위해 쓴 글로써 누군가에게 가닿을 수 있기를 바란다. 그래서 나는 친구가 "아무도 읽지 않는 글을 왜 그렇게 열심히 쓰지?" 라고 놀리듯 말해도 쫄지 않고 쓸 수 있다. 그리고 '잘 팔리는 글', '돈이 되는 글' 같은 데 관심을 가지지 않는 것도 그래서다.

나의 온 영혼을 담아…… 한 글자 한 글자 꾹꾹 눌러……

완전! 사랑합니다!!!

"진정으로 사랑하기란 아주 어려운 일이다. 수많은 환생을 거치지만 우리가 진정으로 사랑할 수 있는 삶은 대개 한 번 밖에 주어지지 않는다. 그 한 번의 기회를 놓치면 안 된다"고 미예르는 말했다.

【타나토노트】 베르나르 베르베르 지음 | 이세욱 옮김 | 열린책들 펴냄

베르나르가 세운 사후 세계를 통해 인간 삶에 대한 통찰을 요구하는 책이다. 십수 년 만에 그 방대한 이야기를 다시 꺼내 들었다. 그것이 필요해서. 꿈에 만난 천사가 나에게 "죽음 다음을 생각해 보라."고 말했기 때문이다.

눈을 뜨고 멍하니 천장을 바라보다가, 해몽 정보를 뒤져보는 것보다 낫겠다 싶어서 일어나 책장을 두리번거렸다. 다시 읽으니…… '아, 안 읽은 책인가?' 싶을 만큼 내 기억과 다른 부분이 많았…… 아니, 거의 기억하지 못하고 있었다.

꿈에 만난 천사의 말에서 시작한 독서는 또 다른 엄청난 사색을 만들었고, 많은 고민을 남겼다.

죽음과 환생을 반복하면서 인간이 불멸성을 확보한다면 그것은 그것대로 괜찮은 것일까? 나는 현실이 고통스러울 때, 죽음을 생각해 본 적이 있어 그 전제가 더욱 끔찍하게 느껴졌다. 현실이…… 계속…… 반복……으!

생각을 전환하자! 소설 속 미예르의 말처럼, 한 번, 뿐일지 모르는 사랑의 삶.

나는 현재를 살고 있는 모든 사람에게 그것이 지금! 이
길 바란다.

현실의 구조와 사람 사이의 관계 속에서 계속 상처받
지만, 결국 다시 살아낼 힘을 얻는 이유는 오글거리지만
사랑 아니겠나?

나는 현실에서 도망치려는 길목에 다다라서야 비로소
내가 사랑받는 존재라는 것을 알게 되었다. 아니, 바보
같게도 다 알고 있었는데, 염두에 두고 살지 않았었다는
게 맞을 거다.

내가 오늘도 느닷없이 전화를 걸어 "사랑합니다." 라고
말한 이유다. 내가 사랑하는 사람들이 내가 그들을 얼마
나 사랑하는지, 그 사실을 모르고 있을까 봐 조바심이 난
다. 알고 있더라도 계속 곱씹으며 염두에 두고 지내지 않
다가 잊을까 봐 겁난다.

나는 그래서 기회만 생기면 표현하려고 한다. 물론, 쉽

지 않다. 스스로 오그라들고 낯 뜨거워 포기하기도 한다. 그래도! 완전~ 사랑한다고, 내 가족이어서 감사하다고, 내 친구여서 정말 고맙다고, 그래서 정말 좋다고. 많이 애정 한다고, 사랑하고 또 사랑한다고. 자꾸 안 하던 짓 하지 말라는 반응이야 뭐, 당연하게 각오해야 하는 것이지만 말이다.

 얼마 전에 일 때문에 나갔다가 라디오를 듣게 되었다. 평소, 텔레비전이나 라디오를 가까이할 시간이 없어, 잘 몰랐다. 라디오에서 들려오는 노랫말에 귀를 기울이게 되었는데 '로이킴의 봄이 와도'라고 DJ가 말해 주었다.

 나는 그가 서바이벌 프로그램에 나와 처음 자신을 알렸을 때, 그의 목소리와 노래에 응원을 보냈었다. 그리고 그에게 잠시 실망하기도 했다. 오해를 풀기 위한 그의 노력과 그에 관련한 이야기들에 대해 알게 되었고, 그를 이해하고 마음을 풀었다. 그리고 다시 그의 노래를 듣게 된 거다. 역시 서바이벌 프로그램에서 참가자가 아닌 프로듀서로 참여했을 때 발표한 곡이다. 노래를 듣고 나는 생각했다. '그의 경험이 그에게 저렇게 아름다운 노래를 만들 수 있는 능력을 주었구나.' 하고. 나는 노래의 선율과 가사에 귀를 기울인 후에 감동했다.

≪내가 가는 길마다 예쁘게 피어 있던 꽃들을 보며 참 많이 웃었고, 참 많이 울었지. 마치 온 세상을 다 가진 것 같았어. 그러다 내가 시들어 갈 때면 그 꽃들은 온데간데없었고, 그저 내게 남아 있던 건 항상 나의 곁에 있어 줬지만 보지 못했던 너≫

'아는 만큼 보이는 거구나.' 그의 이야기를 알기 때문에 그 노랫말과 그 음악을 더 깊이 이해했고, 시들었을 때마저 사랑받아 봤기 때문에 그 노랫말과 그 음악에 크게 감동했다. 좋은 노래다.

사랑이란 게 참, 한껏 받을 때는 잘 모른다. 그 사랑이 없어져 버리고 난 다음에는 받았던 사랑을 깨닫지만, 안타깝게도 또 잊어버리게 된다. 그리고 똑같은 사랑을 왜

주지 않느냐고 상대를 향해, 세상을 향해 원망을 쏟아내게 되기도 한다.

다시 사랑받게 되어도 또 한껏 받는 사랑을 잘 모른다.

그러나, 시들었을 때 받았던 사랑은 가슴 깊이 패어 그 사랑 자체가 자국을 남긴다. 그리고 그 자국은 오래도록 잊히지 않는다.

어떤 자격이나 조건도, 어떤 단서도 붙이지 않은 채 있는 그대로의 나를 사랑해 준 사람들, 고장 나고 넘어졌어도, 그런데도 나를 믿어준 사람들은 못 잊는다.

천사가 나에게 질문한 것은…… '죽음 다음'이지만, 그것은 결국 지금, 이 순간을 생각하게 만드는 것이 되어주었다. 어디선가 봤는데…… 죽음으로 현재를 생각하는 것이라고 했다. 그런 것이 바로 "메멘토 모리, 죽음을 기억하라!" 아니겠나.

맞다. 철학을 공부하다 보면 어느새 눈물을 주르륵 흘리고 있는 내 모습과 대면하게 되는 순간들이 많아진다.

거기에는 감격도 있고, 희망도 있으며 물론 인간 삶에 관한 허무도 생겨난다. 최근에 철학 공부를 위해 펴 든 책에서 본 글이 떠올랐다.

죽음을 향해 하루하루 다가가는 삶을 사는 인간으로서 감히 영원을 이야기하고, 나중을 생각한다.

우리가 스스로를 죽지 않는 존재로 생각하며 살아간다면, 우리는 매 순간의 선택들이 마지막이라는 사실을 절대 깨닫지 못할 것이며, 이는 거짓된 존재 방식입니다. (중략) 오늘 당신이 하는 선택은 다시는 되돌릴 수 없기에 더욱 후회 없이 최선을 다해야 합니다.

【필로소피 랩】조니 톰슨 지음 I 최다인 옮김 I 윌북 펴냄

사랑한다는 말은 나중으로 미룬다.

고맙다는 말도 나중으로 미룬다.

매번의 지금, 이 순간이 언제나 마지막이라는 사실을 깨닫지 못한 거짓된 방식이다.

"죽음 다음" 남는 것은 어쩌면 후회겠구나.

그렇다면 나는…… 인생의 절반을 후회하는 것에 쓰고 나서도 또 후회하는 죽음 다음을 살겠구나. 천사가 꿈에 나와 "죽음 다음을 생각해 보라"는 주문은 지금, 사랑하는 사람들을 바라보라는 얘기일지도 모른다는 결론에 다다랐다.

그리고, 혹시 지금 시들어 있을지도 모르는, 고장 나고 넘어진 채 울고 있을지도 모를 사람들을 바라보고 그들을 깊이 사랑해야 한다는 생각으로 번진다.

단! 한! 번! 뿐! 인 사랑의 삶. 그것은 지금이다.

사랑하겠습니다.

사랑하고, 사랑하고, 사랑합니다. 완전 사랑합니다.

사실 몹시 외롭고 대단히 그립습니다.

정직하게 쓰는 글을 고민하다가 문득 '나는 정말 정직하게 쓰고 있는가?' 자문하게 되었다. '최선을 다하고 있다.'라는 정도로 스스로 타협점을 제시한다.

나는 누구보다도 부정한데, 가장 청렴해지고 싶다. 나의 내밀한 어떤 부분과 혼자만 하는 어떤 생각과 그 생각의 방향을 들키고 싶지 않다.

Guilty Pleasure(길티 플레저:어떤 일에 대해 죄의식을 느끼면서도 그것을 좋아하고 즐기게 되는 심리. 출처-우리말 샘)를 많이 가지고 있다. 너무 많은 게 아닌가 싶을 때도 있는데 그럴 때, 이건 Guilty(죄책감이 드는, 가책을 느끼는) 한가? 이건 정말 나에게 Pleasure(기쁨, 즐거움)인가? 싶어지기까지 한다. 그러다가 다시 궁금해지는 것이다. '차라리 다 까발려진다면……오히려? 뭔가 개운해지지는 않을까?'

 의연한 척해 보지만, 좀 소름이 끼치기도 한다.

"다들 알게 될 거예요." 나는 앰뷸런스에 앉아 차가 출발하기를 기다리면서 로나 아주머니에게 말하며 괴롭게 흐느꼈다. "내가 얼마나 바보 같았는지 알게 될 거예요. 그걸 생각하면 못 견디겠어요."

【테라피스트】B. A. 패리스 지음 | 박설영 옮김 | 모모 펴냄

 나는 이 같은 종류의 '못 견디겠음'에 대해 알고 있다. 그리고 내 가슴을 쳤다. 나 같아서……

소설 【참을 수 없는 존재의 가벼움】에 밀란 쿤데라는 이렇게 썼다.

> 우리 행위의 목격자가 있는 그 순간부터 우리는 좋건 싫건 간에 우리를 관찰하는 눈에 자신을 맞추게 되며, 우리가 하는 것의 그 무엇도 더 이상 진실이 아니다. 군중이 있다는 것, 군중을 염두에 둔다는 것은 거짓 속에 사는 것이다.
>
> 【참을 수 없는 존재의 가벼움】밀란 쿤데라 지음 l 이재룡 옮김 l 민음사 펴냄

나는 많은 순간 두려워했다.

그래서 나는 최소한의 인간관계를 추구해 왔다.

아주 많은 수의 절교를 했다. 친화적인 척 쉬이 다가갔어도, 빠르게 멀어졌다.

20, 30대 때 나는 참 냉소적이었다. 그게 이제 와 '뭘 그리……' 또는 '뭘 굳이.' 같은 기분을 남긴다. 이를테

면 이런 거다.

퇴사하는 동료 직원과 악수하면서…… "또 봬요." 하면 "인연이 닿으면요.", "기회가 생기면요." 하고 거리를 두는 것이다. "언제 밥 한번 먹어요."라고 하는 사람에게는 "형식적인 말이지요? 하하" 호탕한 척 그러고는 딱 자르지 않았다면서 '나는 냉소적이지 않은 사람이지.' 스스로 평가했다. 지키지도 못할 약속은 절대 하지 않는 신중한 사람인 척했다.

사실 나는 조금도 신중하지 못한 사람이다.

오래 고민하고, 결정을 쉽게 내리지 않는 것은 신중해서가 아니라 소심해서이고, 겁쟁이여서 그런 것이다. 결국은 앞뒤 없이 기분 내키는 대로 결정해 버리는 경우가 훨씬 많다.

나는 사람과 사람 사이의 인연을 무겁게 생각하지 않았다. 연이 닿으면 만나질 거라고 했지만, 운명론을 얘기하는 사람도 아니었다.

그저 스스로 버거워했다.

보통, 사람이 친해지면 서로 많은 걸 보여준다고 생각하지만, 사실은 들키는 것이다. 좋지 못한 습관이나 버릇 같은 것을 들키고, 화가 나면 어떻게 반응하는지도 결국 들키게 된다. 술에 취하면 어떤 행동을 하는지 들키고, 사랑에 빠지면 어떻게 되는지, 이별했을 때는 또 어떤지.

나는 많은 것을 들키고 나면 멀어질 준비를 했다. 손바닥으로 하늘을 가리듯 그 사람과 멀어지면 나의 부끄러움이 사라지는 것이라고 착각했다. 한순간, 한순간 모두 내가 기억하고 있으면서 어리석게도 그렇게 했다.

그리고 사람들과 쉽게 친해지는 것이 점점 더 어려워지는 것이다.

나는 사람을 참 좋아하는 어린이였다. 친구도 꽤 많이 사귀었고, 골목대장은 언제나 내 차지였다. 모든 친구의 집과 부모님, 고민까지 다 알고 있었다고 기억한다. 학창 시절에는 연애편지 대필가로 활동하면서 "이거 진짜

비밀이야!", "너만 알고 있어야 해!", "이건 세상에 오직 나랑 너만 알아." 같은 얘기를 많이 들었다.

그런 내가 이런저런 이유로 '대인관계 포비아(공포증을 앓는 환자)'가 되었지만 분명한 건 살면서 아무리 들켜도 괜찮은 관계가 분명 만들어진다는 것이다.

그걸 편하게 '친구'라고 부른다면 나는 친구가 많지 않다. 그렇지만 몇 안 되는 그들에게 정말 감사한다. 나는 그들에게 아직도 뭔가를 들키면 부끄러워하지만 "이건 좀 부끄러운데……"라고 말할 수 있다. "아! 쪽팔려!"라고 할 수도 있고 "비난은 하지 마!"라고 당당하게 요구할 수도 있다.

24시간 영업하는 카페에서 설탕 두 스푼을 넣은 커피를 앞에 두고 깜깜했던 밤을 지나 동터오는 아침까지 대화를 나누고도 피곤한 줄 모르고 또 다음 날 같은 시간을 기약했던 친구는 오랜 시간이 지나 얼마 만에 만나도 이야깃거리가 고갈되지 않는다.

술에 취해 필름을 끊어 먹고, 온몸이 멍투성이에 넘어진 것이 분명한데, 민망한 듯 쭈뼛거리며 물어도 "뭐가? 뭐를?", "몰라! 나 기억나는 게 없어."라면서 모르쇠로 일관해 주는 친구는…… 술을 안 마신다. 나만 취한다는 거다. 모를 리가 없다.

배고프다고 짜증 내면 허허 웃고, 배부르다고 신경질 내도, 허허 웃고, 애인 흉을 봐도 허허 웃고, 이별하고 엉엉 울어도 허허 웃는 친구도 있다. 자랑하는 거다.

그렇지만 여전히 나는 인간관계의 불확실성에 불안해한다. 신뢰가 의미 있는 우정의 초석이라는 것을 배웠지만 여전히 나는 조심스럽고, 배신의 상처와 깨진 약속이 마음에 남아 새로운 연결에 대한 의심을 거듭한다.

지금도 나는 자신을 스스로 격리한 채, 군중에 나갈 준비가 되기를 기다리고 있다.

오늘은 평소 팩트 폭행(사실에 근거한 매우 신랄한 지적)을 사정없이 날리는 동생과 대화를 나누다가 너무나

겁나는 말을 듣고 머리가 조금 복잡하기는 하다. "그런 준비는 영원히 끝나지 않아."

그래서 천천히 돌아갈 준비를 해 볼까, 생각한다.

나는 아직 준비가 덜 되었지만, 몹시 외롭다. 너무나 불안하지만, 대단히 그립다.

하지만 고맙고 소중한 사람들을 떠올리다 보면 진정한 우정이, 그에 수반되는 위험을 감수할 가치가 있다는 믿음이 생겨난다.

친절한 영혼으로 말없이 이해하고 절망의 순간에 위로를 전하면서 진정한 기쁨으로 승리를 축하해 줄 이미 있고, 앞으로 있을지 모를 사람들을 향해 아주 천천히.

나를
넘어뜨리
나에게

Chapter.4

천천히 죽어가기

할 줄 몰라도 알게 되었습니다.

정말 좋은 세상이다. 많은 사람이 콘텐츠를 생산하고, 재생산해서 나의 자존감을 높여주지 못해서 안달이다. 전세계에서 많은 사람들이 나의 멘탈 코치를 자청하고 나섰다. 고마운 일이다.

나는 아직 미움받을 용기가 없다.

나는 의뢰인의 선택을 받아 일을 하고 그 일에 대한 신랄한 평가를 받아들여야 하며, 마지막 하나까지 책임지는 일을 해 왔다. 누군가의 평가에 일희일비하는 것은 소인배나 하는 짓이라지만, 나는 일희일비의 끝을 사는 소인배였다.

나는 사양을 잘하는 사람이었다. "차 한 잔 드릴까요?"라는 질문에는 "마시고 왔습니다." 했다. "이 쿠키 좀 드시면서 얘기하시죠." 하면 "단것을 좋아하지 않습니다." 했다. 불친절한 것은 아니었다. 그저 빨리 본론으로 들어가기를 바랐다.

업무 미팅이 있을 때는 전날부터 긴장했다. '아, 나는 원래 땀이 많이 나는 체질인 데다 긴장하면 더하는데, 날씨가 어떠려나?' 같은 걱정은 시작에 불과했다. '지난 모임 때 노란색 계열로 옷을 입었는데 그것이 물꼬가 되어 퍼스널 컬러까지 근황 이야기가 길어졌었지…… 무채색으로 입어야겠군.' 또 '헤어스타일이 바뀌었네요. 살이 빠졌어요. 오늘 얼굴색이 왜 이렇게 좋아요? 같은 얘기를 나눠야 할 텐데 어쩌나……' 하면서 걱정을 멈출수 없었다.

나는 어떻게 차려입는 것이 옷을 잘 입은 것인지 구분하지 못한다. 얼굴만 보고 1~2kg 체중이 줄었는지 아닌지 알아채지 못한다. 헤어스타일이 달라졌는지 아닌지 알아보기가 쉽지 않다. 나는 유행하는 화장법도 모르고, 입은 옷의 모양이나 재질, 스타일을 보고 브랜드를 알거나 하는 방법을 도통 모른다. 그래서 나는 그런 가벼운, 분위기를 부드럽게 풀어내고 시작하는 스몰 토크에도 재주가 없다. 더구나 나에게 그런 평가가 날아온다면 그것을 어떻게 대응해야 하는지도 도통 알 수가 없다.

"살이 좀 빠졌어요."라고 말하면 "아닌데요. 지난번에 봤을 때도 살 빠졌다고 하셨는데…… 그냥 하시는 말이에요?" 하며 반색했다.

예의 차리기 위해 꺼내 입은 재킷에 "요즘 유행하는 뭐어쩌고저쩌고 스타일(뭔지 몰라서 옮겨 적을 수도 없다.)이네. 트랜디하시네요." 하면 "아, 네, 그게 뭔지도 모르는데 말입니다. 뭐, 감사합니다." 하면서 민망해했다.

빨리 일 얘기를 마치고 서둘러 나만의 공간으로 돌아가고 싶었다.

한 마디 한 마디 나를 평가하고 있다고 생각했고, 매번 성적표를 받아 들어야 하는 것 같은 기분에 버거웠다. 그러면서도 호탕하고 열린 사람, 사교적인 편안한 사람이라는 인상을 남기고 싶어 신경을 곤두세워야 했다. 결국 편안하지도, 사교적이라는 평가를 받지도 못했다.

칭찬은 사람을 불편하게 하는 기준점으로 알아들었고, 애정 어린 충고는 적대적인 비난으로 받아들였다.

그러다 보면 여러모로 발전할 수 있……지 않았다. 사람들의 평가를 기준 삼아 외형을 매력적으로 꾸미는 사람이 되지 못했고, 정말 스타일리시하게 옷을 잘 입는 사람도 안 됐다. 차분하고 안정된 말솜씨를 갖지 못했고, 호탕하고 유머러스한 성품도 갖추지 못했다.

그냥, '관계 회피형 인간'이 된 것이다. 최소한의 만남만 가지고 움츠러드는 것이다. 나는 '집순이'가 아니었는데

웬만하면 집에만 처박히게 되었다.

해결해야 하는 문제와 맞닥뜨렸을 때는 두말할 것도 없다. '문제'를 '문제'로 받아들이고 현명하게 해결하기보다는 '골칫거리' 또는 '스트레스'로 인식한다. 그리고 빨리 그 스트레스에서 벗어나 골칫거리를 치워버려야 성에 찼다. 더 솔직하게는 빨리 도망쳐야 했다.

나는 꽤 늦은 나이까지 부모님 밑에서 자매들과 한집에서 모여 살았다. 그러다 4년 전쯤, 당시 세종시에 청사를 둔 기관에서 공무원 생활을 하던 언니의 육아를 돕기 위해 부모님께서 이사하시고 본의 아니게 동생과 둘이 살게 되었다. 정말 본의 아니게……

동생과 나는 많은 것이 다르다. 외형, 성격, 성향, 취향, 식성, 습관은 물론 생활 방식에 이르기까지 어느 하나 비슷한 부분이 있나, 찾아보기 매우 어렵다. 일단은 하나도 없다고 정리해도 될 것 같다.

그런 동생과는 어린 시절부터 접점이 없었다. 특별히

대화를 나눴다거나 함께 놀았다거나 뭐, 그런 기억이 별로 없다. 물론 사이가 좋지 않다는 것은 아니다. 우리는 잦은 모임을 하고, 꽤 화목하다는 평가를 받는 가족이다.

동생은 고등학교를 졸업하고 바로 유학 하러 갔고, 나도 한국을 떠나있던 시절이 있어, 더욱이 친분을 쌓을 기회가 많지 않았다. 그런 동생과 둘만 남다 보니, 함께 식사하거나 텔레비전 프로그램이나 뉴스를 보면서 이런저런 이야기를 나눌 기회가 차츰 늘어갔다.

다음날 업무 미팅을 앞두고 안절부절 걱정을 하며 "나는 스몰 토크도 자신 없고, 살 빠졌네, 얼굴 좋아졌네, 옷이 멋지네, 오늘 스타일 좋네, 이런 얘기 하면 마음이 불편해. 또 평가받으러 나가는 것 같아서 벌써 위장이 꼬이는 듯." 이라며 투덜거리고 있었다.

동생이 워낙 말이 없는 사람이기도 하고, 액션도 리액션도 표나게 하는 사람이 아니라서 그냥 혼잣말처럼 주절주절 떠들었다. 그러다 아무 반응을 보이지 않는 동생

앞에 민망해져서 "혼잣말이야!" 했더니 "혼잣말은 혼자 해야지."라고 했다. 그리고 덧붙여 "그냥, '안녕하세요,' 같은 거야."라고 했다. 내가 어리둥절하고 있으니 "그 사람들도 분위기 좋게 만들려고 그냥 하는 말이라고. 진짜 살 빠져서 그런다기보다. 아니, 그럼, 뭐 '지난번보다 더 살찌셨어요.' 그러냐? '옷이 그게 뭐예요. 촌스럽게!' 그래?"라고 묻는데 하하하 웃음이 터졌다. "보통은, 바로 일 얘기부터 하면 정 없다고 생각하지. 우리 어른들이 왜 꼭 '밥 먹었냐.' 묻겠어? 요즘같이 먹을 게 널린 세상에 진짜 끼니 걱정하겠어? 그냥 안부 묻는 거지. 그냥 다 '안녕하세요.' 같은 거로 생각해."라고 했다. 그러고 보니 뱃속이 좀 편해져 있었다.

요즘은 인간관계 잘하는 방법론 같은 것도 다양한 방식의 콘텐츠로 만들어져 소비된다. 자존감을 높이는 방법은 물론 심지어 성공에도 법칙이 있다고들 한다. '좋은 대화의 기술'도 알려주고, '실패해도 괜찮다'라고 말해 주기도 한다.

 아직 잘하는 사람은 못 된다. 그래도 나는 천천히 이런 저런 배움을 통해 알아가는 중이다. 그리고 오래도록 사랑해 온 책 【대성당】을 통해 나는 이미 본 적 있는데, 알고 있지 못했고, 감동했던 적 있는데, 내 삶에 적용하지 못했다.

"내가 만든 따뜻한 롤빵을 좀 드시지요. 뭘 좀 드시고 기운을 차리는 게 좋겠소. 이럴 때 뭘 좀 먹는 일은 별것 아닌 것 같지만, 도움이 될 거요." 그가 말했다. (중략) 그녀는 롤빵을 세 개나 먹어 빵집 주인을 기쁘게 했다. 그리고 그가 이야기하기 시작했다. 그들은 신경 써서 귀를 기울였다. 그들은 지치고 비통했으나, 빵집 주인 이 하고 싶어 하는 말에 귀를 기울였다

【대성당-별것 아닌 것 같지만, 도움이 되는】
레이먼드 카버 지음 l 김연수 옮김 l 문학동네 펴냄

독서법을 바꾸고, 명상을 배우면서 조금씩 달라지는 중이다. 진짜 조금씩 달라진다.

불쾌한 일을 맞닥뜨렸을 때 "일단 앉아서 얘기하시죠."라는 상대의 말에 반감을 드러내지는 않는다. 앉아서 흥분을 가라앉히려 노력한다.

빨리 끝내고 싶은 긴장감 넘치는 자리에 가게 되더라도 "차 한 잔 드릴까요?"라는 질문에 "물 한 잔이면 될 것 같습니다. 감사합니다."라고 한다.

너무 딱딱한 분위기를 풀고 이야기를 발전시키기 위해 상대가 건넨 "이 쿠키 좀 드시면서 얘기하시죠." 한 마디에는 "감사합니다." 답하고 먹든 안 먹든 상관없는 거 아닌가. 더러는 매우 친절한 분이 한 번 더 권하기도 한다. 쿠키 한 조각이 주는 단맛이 뭐 그리 불쾌감을 주겠는가! 하나 먹자, 먹어!

'문제'를 '문제'로 받아들이고 차분히 해결점을 찾는 법. 대화를 부드럽게 끌어가기 위해서는 쉼표도 필요하다는 것. 상대방을 대할 때 자신을 대하듯 예의를 갖추는 법. 그것이 설사 나를 한 대 때려야 직성이 풀리는 상대를 만났을 때라도, 내가 한 대 쥐어박고 시작하고 싶은 상대를 대면 했대도 진정한 대화와 해결을 위한 첫걸음이다. 별것 아닌 것 같지만, 도움이 되는 빵 한 조각, 차 한 잔, 쿠키 하나를 건네는 법을…… 잘할 줄 몰라도 알게 되었고, 조금씩 시작해 보게 되었다.

결혼하지 않은
INTJ로 산다는 건 말이죠.

세상에서 가장 큰 차이는 인종 차이도 지역 차이도 남녀 차이도 문화 차이도 신분 차이도 세대 차이도 아니고, 바로 개인차 아닐까. 그런데도 우리는 뭘 하든 간에 곧바로 반항기라든지 사춘기라든지 하는 틀 속에 구겨 넣어진다.

【소년을 위로해줘】 은희경 지음 I 문학동네 펴냄

졸업만 하면, 성인이 되면 그렇게 싸잡히고, 갈라치기 당하지 않을 줄 알았다.

여자들은, 피디(PD)들은, 결혼 안 한 사람들은⋯⋯.(요즘은 '노처녀', '노총각' 같은 단어는 안 쓰는 것 같아, 참 다행이다) 등으로 대표되는 나의 정체성과 그로 인해 만들어지는 편견에 대해 잘 알고 있지만, 굳이 맞서 싸우지도 않았다. 하지만 자연스럽게 받아들이지도 못했다. 불편한 기색이야 드러났겠지, 싶다.

조금 예민하게 굴면 "벌써 갱년기 왔냐?"라고, 고집스럽게 내 주장을 관철하고 싶어 하면 "창작하는 사람들은 저래서 힘들어." 같은 소리를 듣게 된다.

앞으로도 나는 중년이어서, 꼰대니까, 어른이랍시고, 노인이라서, 같은 소리를 듣게 될지도 모른다. 듣게 될 것이다. 그런 식으로 어떤 틀에 구겨 넣어지는 게 두렵다기보다는 그런 틀로 스스로 걸어 들어가게 될지 모른다는 쪽이 더 겁난다.

나도 습관처럼 "요즘 애들은" 내지는 "엠지(MZ) 세대라서" 같은 말을 뱉었다. 최대한 그러지 않겠다고 마음먹고 툭툭 올라오는 생각이나 말을 꾹 누르고 있다.

그런데 내가 싸잡히는 경우, 내가 갈라치기 당하는 경우는 이러니저러니 해도 견디기가 쉽지 않다.

"엠비티아이(MBTI 성격유형: 인터넷상에서 무료로 검사해 볼 수 있는 간략 버전이 제공되면서 16가지로 성격의 유형을 나누는 문화가 유행했다.)가 뭐예요?"라는 질문을 받으면 나는 "별로 내세울 만한 것이 아닙니다."로 답하고 있다. 다행히 끈질기게 물어보는 사람은 별로 없다. 대충 짐작하겠다는 뜻일까? 후후 어쨌든.

설문에 답하는 방식으로 하는 성격 유형 검사라면, 자기가 바라보는 자기 모습이라는 것인데, 맞을까? 나는 나를 객관적으로 바라볼 수 있는 능력을 갖추고 있는지 의문스럽긴 하다.

나는 세 차례 (물론 인터넷상에 무료로 제공되는 간략 버전 검사다. 과학성 여부에 대한 논란이 많다) 검사 해 본 결과 인티제(INTJ)였다. 대략 인티제의 큰 특징을 보면 논리적 사고와 공감 능력 없음 등이 주요 키워드인 것 같다. 한 포털에 '인티제'를 검색하면 "고집이 세고, 융통성이 부족하고, 관심 분야 외에는 관심이 전혀 없다."로 시작하는 인티제의 특징을 가장 먼저 찾을 수 있다. 엠비티아이를 과하게 대입해 사람을 구분 짓는 사람을 만났을 때 좀 버거워하는 부류가 인티제가 아닐까⋯⋯싶다. 나는 그런 사람이 좀 버겁기 때문이다.

나는 타인의 일에 대체로 관심이 없지만, 관심이 생기는 사람에게는 엄청난 호기심이 발동한다. 맺고 끊음이 분명한 것이 편하다고 생각하지만, 누구보다 우유부단한 사람이기도 하다. 오늘은 '진지충'이지만, 어제는 '까불이'였다. 가면이 필요한 순간들이 있긴 하지만, 솔직히 까놓고 말하기를 선호한다. 지적인 활동이야말로 내 삶에 크고 중요한 의미를 갖지만, 똥멍충이 농담 따먹기도 진짜 맛있다!

어제와 오늘의 내가 다르고, 아까와 지금의 내가 다르다. 수더분하고 털털한 나와 까칠하고 예민한 내가 나에게 공존하는데, 매번 그 잣대 위에 올려져 평가로 난도질당하는 일이 나만 불편한가?

요즘은 그 열기가 조금 식었다고는 하지만, 여전히 엠비티아이는 나에게 쉽지 않은 것이 사실이다. "T발 C야?(상대의 마음에 공감하기 보다 이성적인 판단을 우선하는 사람의 특징인 T 성향에 대해 알파벳 T와 C의 위치를 바꿔 비꼬는 투의 말이다)" 같은 농담을 들었을 땐, 전혀 웃어넘길 수가 없다. 업무에 엠비티아이를 끌어들여 나를 들들 볶는 클라이언트도 여전히 존재하고, "인티제라 그러신 거 같은데요." 같은 말을 서슴없이 던져 사람 맥을 빼놓는 동료도 있다.

이런 사람은 거르고, 저런 사람은 피하고. 나야말로 그렇게 산 사람이다. 그리고 그것이 얼마나 별로인지 잘 알게 된 사람이 바로 나이올시다. '인간관계에 서툴다_#인티제J 특징' 이런 소리나 듣게 되더란 말이다.

결혼…… 역시 나에게 비슷한 문제다.

서른 조금 넘었을 때, 한창 듣다가 꽤 오랜만에 "결혼은 왜 안 하셨어요?"라는 질문을 받았다.

내가, 결혼을 왜 안 했더라? 결혼하고 싶어 죽을 뻔했던 적도 있고, 결혼해서 같이 살고 싶은 사람을 만난 적도 있었지. 근데, 왜 안 했더라? "글쎄, 잘 모르겠네요."라고 대답했다.

지금은 비혼인 상태여서 누릴 수 있는 것이 많다. 매우 만족스럽다. 훌쩍 떠나고 싶을 때는 언제든, 어디로든, 얼마간이라도 떠날 수 있다. 지금, 여기, 나처럼. (나는 지금 떠나와 있다.)

일어나고 싶을 때 일어나고, 자고 싶을 때 잠들 수 있는 것도 매우 마음에 든다. 누군가를 향한 걱정과 바람이 없다는 것이 가장 편하다. 나만 걱정하면 된다. 그리고 누구에게라도 언제라도 반해버릴 수 있다. 후후 이것도 정말 좋다. 어제는 가수 윤두준 군에게 두준두준(윤두준 군 때문에 심장이 두근두근하다는 그 팬들의 표현이다.)했는데, 오늘은 배우 김우빈 군 때문에 발을 동동 굴렀었다. 텔레비전 광고에 나오는 옥택연 군을 넋 놓고 바라보다가 휴대전화를 떨어뜨려 발등을 찧었다. 히히히 정신 승리라고 비웃으려나? 뭐, 그래도 좋다.

그런데 나의 비혼인 상태를 "시집 못 간" 또는 "결혼을 못 해서" 같은 틀에 구겨 넣어버리는 사람들을 여전히, 아주 가끔(다행히) 만나게 된다. 불편하기 짝이 없고, 가끔은 불쾌하기도 하지만 그러려니, 넘길 줄 알게 되었다. 비혼인 상태가 길어질수록 자연스럽게 그렇게 된다.

사람을 이해하려는 노력. 이것이 정말 중요하다는 생각이 들기 시작했다.

나는 지금까지는 '노력'이라는 것을 많이 하면서 살지 않았다. 그런 것에 반성한다. 나는 나의 '운 좋음'에 감사할 줄 몰랐다. 뭐든 당연하게 받았고, 그것이 스스로 이뤄낸 것이라고 믿어 의심치 않았다.

하지만, 경험은 사고를 낳는다. 사고는 사색으로 이어졌다. 그리고 반성했다. 그 반성의 시간은 결국 '노력'을 만들어 냈다. 감사할 줄 아는 노력. 그리고 타인을, 인간을 이해하려는 노력.

그래서 함부로 다른 사람의 어떤 부분만으로 그 사람의 성품을, 인생 전체를 판단하거나 평가해 버리지 않으려는 노력을 만들어냈다. 그렇게 바라보면 개인, 개인에게 부여하는 의미가 달라진다.

공감 능력이 조금 부족하다는 평가를 받았던 청년 시절을 지나서 2023년 여름에 시작한 반성문 쓰기를 통해 나는 처음 본, 그저 스쳐 지나는 사람한테도 감정을 이입해 보는 일이 벌어지고 있다.

그래서 자꾸 운다. 울컥울컥 올라오는 감정이 정확하게 뭔지는 몰라도 삶이라는 것이 참, 짠하고 감동적이다.

도서관 디지털 룸에서 텔레비전 프로그램 '도시어부'를 보고 계신 어르신은 어찌하여 이 시간에 이 공간에서 이리 계실까? 생각해 보다가 혹시 할머니는 돌아가시고 자식들은 바빠서 적적한 건 아닌가, 한다.

　한창 식사 시간인데 텅 빈 식당을 뒤에 놓고 가게 앞에 쭈그려 앉아 앞치마를 벗지도 못한 채 담배를 피우고 있는 사장님을 스쳐 지나가다가…… 담배 냄새에 얼굴을 찌푸렸다가도 텅 빈 가게 안을 보고 짠해져 얼른 표정을 풀게 되기도 한다.

　지하철역 계단을 오르다가 앞서가던 어르신의 둔부에 이마를 부딪쳐 놀랐는데, "아이고, 미안해요. 내가 다리가 아파서……" 하며 곤란해하시기에 "아닙니다. 제가 고개를 처박고 올라가고 있었어요. 죄송합니다."라고 말하며 어르신 팔에 팔짱을 끼고 천천히 부축해 함께 올라가게 되는 것이다.

　그래, 뭐 그렇게 다 가를 필요 있나? 나도 이제 머리카락이 희끗희끗해지고 가끔 휴대전화를 멀리 떨어뜨려 보게 되기도 하는데, 나도 계단을 오를 때 다리가 아파지겠지. 나도 일이 없을 때 하늘만 보고 한숨을 꺼지라 쉬었었지. 외로운 마음이 들어 정처 없이 걸어도 봤고, 나 혼자뿐인 관객으로 극장에도 앉아 있어 봤지. 앞으로는 적적함이 뭔지도 알게 되겠지.

사람 사는 게 다…… 그런 거지.

물건에 대한 욕심이 아직도 남았습니다.

'다이소'라는 곳에 처음 갔을 때 나는 세상에 이렇게나 많은 천재가 이렇게나 많은 물건을 만들어 낸다는 사실에 놀랐다. 그리고 이것저것 장바구니에 주워 담았다.

며칠 만에 결국 쓰레기통에 처박히는 물건들도 있었고, 수년째 잘 사용하고 있는 물건도 있다. 그중 의류용 보풀 제거기는 완전 강력! 추천하는 제품이다. 히히 5천 원을 투자해서 벌써 7년째 사용하고 있다.

나는 책 보는 것을 좋아해서 독서대도 재질별, 성능별로 여러 제품을 사서 써 봤다. 결국 나는 맨손에 책을 올려두고 읽는다.

한번 입고 처박아 둔 속옷이 서른 벌은 넘고, 살 빼서 입겠다던 옷들은 2~3년에 한 번씩 처분된다.

달랑 두 식구 사는데, 더구나 밥에 국을 놓고 밑반찬을 서너 가지씩 놓고 먹는 식사를 하지 못한지가 몇 년째인데, 5인 가족용 식기 세트에 왜 그리도 눈이 가는 건지. 도통 알 수가 없다.

또 나는 매우 약한 결벽증과 아주 미세한 정리벽이 있어 청소도구가 진공, 스팀, 유선, 무선 등 종류별로 줄을 서 있다. 결국 쓰는 것은 정전기 청소 포와 물걸레 청소 포로 두 가지 종류가 다이다.

어찌하여 이리도 물건에 대한 욕심이 많은 걸까? 나도 별수 없는 자본주의의 노예인 것인가?

최근에 가수 양희은 선생이 쓴 수필집 【그럴 수 있어】를 읽다가 선생께서 진행을 맡아 하는 MBC 라디오 프로그램

'여성시대'를 통해 '인생 마무리를 위한 이별 준비 노트'로 주제를 선정해 사연을 받았다는 에피소드를 발견하고, 마음에 닿았던 문장과 연결 지어 생각해 보게 되었다.

내가 만약 젊은 나이에 죽는다면 시체가 과연 잘 보살펴질 것인지 의문이 들기 시작했다.
(중략) 페이스북 친구라면 누구나 내 앞에 놓인 나스식 샐러드를 찍은 사진에 '냠냠!'이라는 댓글을 삽시간에 달아줄 수 있겠지만, 누구 하나 선뜻 나서서 내가 죽는 순간 눈썹에 흘러내린 땀이나 시체가 지린 똥을 닦아주지는 않을 거라는 생각을 하니 마음이 무거워졌다.

【잘해봐야 시체가 되겠지만】 케이틀린 도티 지음 l 임희근 옮김 l 반비 펴냄

《내가 떠난 뒤 살림살이며 옷가지며 치워야 할 게 한두 가지가 아닐 텐데 남아 있는 이들에게 과한 일을 주고 싶

지 않으니 물건을 많이 쟁여 두지 않겠다.》)는 내용이었다. 나는 또 절망적인 죽음을 이야기하려는 것이 아니다. 사람은 누구나 죽는다. 내가 빨리 죽고 싶어 한다고 해서 죽을 수 있는 것이 아닌 것처럼 영원히 살고 싶다고 해서 그럴 수 있는 게 아니다.

우리는 삶을 표현할 때 '살아간다'라고 표현하지만, 사실은 하루만큼 씩 '죽어가는 것'이라고 하는 얘기를 어디선가 들었다. 그렇지. 어쩌면 그게 맞는 표현이겠지.

나는 내일 먹을 음식을 사고, 다음 달에 쓸지도 모를 노트를 사고, 아직 읽어야 할 게 수두룩 쌓여 있는데, 반가운 신간이라는 이유로 또 책을 사고, 내년 겨울에 입을 옷을 역시즌 할인이라는 이유로 사고, 신기해서 사고, 편할 것 같아 사고, 예뻐서 사고, 귀여워서 사고, 그냥 사고, 사고, 사고 또 산다.

또 얼마 전에는 별것 없이 채널을 돌리다가 마주한 텔레비전 프로그램에서 처절하고 끔찍한 현실을 마주하고 잠깐 주저앉았다. '옆집 남편들 녹색 아버지회'라는 프로그램이었다. 하루에 버려지는 쓰레기양에 놀라고, 분리수거의 현 세태를 보고 다시 놀랐다. 좀…… 슬펐다. 그리고 부끄러웠다.

출연자들이 쏟아져 들어오는 쓰레기와 씨름하며 괴로워하는 모습을 보고 마음이 아주 아팠다. 그리고, 매일 그곳에서 일하는 분들의 인터뷰를 보면서 몹시도 죄송한 마음이 들었다.

나는 엄마한테 인정받은 분리수거 왕이다. 엄마가 "나라에서 이거 보면 상 주겠어." 하셨다. 그렇지만, 결국 나도 쓰레기 생산자이다. 그것도 아주 많은 양의 쓰레기를 만들어내며 살아가고 있다.

그렇게 반성했는데도 나는 또 쇼핑몰 애플리케이션에 접속했다. 그러다가 잠깐 스마트폰에서 눈을 떼고 주변을 둘러봤다. '내가 이 물건들을 다 모시고 사는구나……' 생각했다. 그리고 일단 쇼핑몰 애플리케이션을 닫았다.

정작 죽을 때는 몸에 걸친 옷 한 벌을 못 가져가고 팬티 한 장을 못 걸치고 똥이나 지리고, 체액을 다 게워 내고 죽을 텐데 말이다.

어린 시절 어렴풋한 기억에 "언제일지 모르는 죽음을 대비해서 속옷은 늘 제일 좋은 것을 골라 깨끗하게 입는다." 라는 얘기를 나누던 어른들의 모습이 남아있다.

사는 것이 고달파도 나의 죽음이 남길 너무나도 적나라한 여러 가지를 떠올리다가 그 모든 찌꺼기를 정리 할 누구일지도 모를 그 누군가를 생각하니 그게 더 끔찍해져서 고개를 젓고 '잘살아 볼 궁리를 하는 게 낫지…….' 했다.

지금부터, 그게 언제일지는 모르지만, 선택으로 인한 것이 아닌 매우 자연스러운 순리로써의 내 죽음이 남길 적나라한 찌꺼기들을 정리하면서, 사는 데 꼭 필요한 물건들만 사서 사용하면서 그래도 괜찮은 삶을 살았다는 인상을 남기고 떠나기 위해 고달프지만, 찬란한 삶 속으로 걸어 들어가 본다.

젊음이 그립지만, 늙음을 기대합니다.

어쩌면 인생은 동영상이라기보다는 사진첩 같은 게 아닐까…… 생각한다. 어떤 장면에 살던 나는 나에게 계속 묻어 있다고 느낀다. 흘러가서 지나와 사라져 버린 것이 아니라 매 순간이 한 장, 한 장 차곡차곡 쌓여서. 그리고 이따금 사진첩을 꺼내 한 장, 한 장 꺼내 보듯, 나에게 묻어 있는 장면, 장면을 이따금 기억에서 꺼내…… 다시 아파하기도, 다시 벅차오르기도, 다시 슬퍼지기도, 다시 즐거워 지기도 하는 것 아니겠는가.

산책하러 나갔다가 늘 거기 있었는데 모른 듯 지나치던 철봉이 눈에 띄어 어린아이였을 때 자주 놀던 걸 기억하고 매달려 보려다가 어림없는 체력과 근력과 몸의 무게감을 체감하고 그만뒀다.

나는, 물론 솔직하게…… 세 살 같지는 않고, 열다섯 살 같지는 않다. 그렇지만 나는 열일곱 같기는 하고, 스물 같기도 하다. 한…… 서른둘 같기도 한 것 같다.

내가 느끼는 느낌과는 또 별개로 나는 여덟 살의 나기도 하고, 열세 살의 나기도 하다. 다른 나지만 그래도 나다.

봄꽃이 피면 괜히 편지지 한 장 꺼내 연애 감정을 털어놓고 싶기도 하지만, 남사스럽다. 머리카락을 넘겨 알록달록 리본 달린 핀을 꽂고 싶지만, 희끗희끗 해진 머리카락이 들춰져 이내 숨긴다. 이제는 자그맣게 느껴지는 운동장 100미터쯤 내달릴 수 있어 보여도 턱 끝까지 혀가 빠질지도 모른다.

나는 성장했을까? 나는 잘 모르겠는데, 나는 달라진 걸까? 나는 어른일까? 나는 그때와 다르다고 느껴지지는 않는데…… 나는 여전히 철없고, 여전히 뜨겁고, 여전히 푸르르며, 여전히 위태롭다.

그렇지만, 물리적인 '나이'로 표현되며, 그 나이에 걸맞은 대가를 지급하지 않으면 안 되는 거다.

봄을 준비하면서 이것저것 정리하다가 길이가 무릎 위인 스커트를 모두 내다 처분했다. 주름이 많이 잡힌 블라우스들도 함께 내 갔다. 굽 높이가 3센티미터 넘는 구두들은 시험 삼아 신어 봐도 어찔하기에 함께 처분됐다.

거의 새것이다 싶은 멀쩡한 물건들은 '무료 나눔' 했고, 값을 조금이라도 받을 만한 것들은 당근(중고 물품 직거래 애플리케이션 '당근 마켓'을 이용해 판매) 했다. 재활용 센터로 보내진 물건도 있고, 쓰레기 종량제 봉투에 가차 없이 처박힌 것들도 있다.

집안은 정돈되고, 청결하게 보였지만 허전했다.

그리고 마음이…… 허전했다.

아무런 매력이 느껴지지 않는 자기 또래의 과부 한 사람과 짝이 되는 일은 도저히 할 수 없다는 것을 알게 되었다. 반면 아침 산책을 나갔다 눈에 띈, 널을 깐 보도를 따라 조깅을 하는 튼튼해 보일 정도로 건강한 젊은 여자들, 여전히 몸의 굴곡과 머리의 윤기가 살아 있으며, 그가 보기에는 이전 시대의 그 나이 또래들보다 훨씬 더 아름다워 보이는 여자들은 상식이 부족하지 않은 사람들이었기 때문에 전문가 같은 태도로 그와 아무 뜻 없는 웃음만 교환할 뿐이었다.

【에브리맨】필립 로스 지음 I 정영목 옮김 I 문학동네 펴냄

나는 여전히 만화 주인공 짱구가 그려진 샤프펜슬을 보면 펄쩍 뛰며 사게 된다. 근사한 아이돌 멤버의 사진이 담긴 엽서를 보면 갖고 싶고, 빨간색 립스틱도 바르고 싶다. 새하얗게 탈색한 후에 초록색으로 머리카락을 물들여보

고도 싶다. 애인과 밤잠 설치며 새벽녘까지 통화하다 피곤으로 하루를 망쳐버리고 싶기도 하다.

나는 여전히 그 모든 나이를 살고 있다. 그렇지만 마음만 가지고 있다.

무릎 위에 오는 스커트는 민망해서 입고 나갈 수 없다. 주름이 많이 잡힌 블라우스는 목 아래로 대 보기만 해도 얼굴 주름이 짙게 느껴진다. 굽 높은 구두는 신는 것이 아니라 올라서는 것이다. 몇 걸음 걷지도 못하고 돌아 들어와 운동화로 바꿔 신게 된다.

마음에 사는 나와 몸에 사는 나는 똑같이 나인데. 마음과 몸은 다른 방향으로 너무나 멀어지고 있다.

스무 살, 서른 살에는 나보다 나이 어린 사람들한테만 눈이 갔다. '저 사람 입은 저 옷은 어디서 샀지?', '입술 색깔이 아주 예쁜데, 어떤 제품이지?', '상의랑 하의를 저렇게 매치해 입으니 괜찮네. 나도 비슷한 거 있으니까 해 봐야지.' 같은 생각들을 했다.

요즘은 나보다 나이 많은 어른들한테 눈이 많이 간다. 기력이 없는지 초록 불이 곧 빨간 불로 바뀔 것처럼 깜빡이는데도 천천히 걷는 어르신을 보고는 '속으로는 달리고 계실 수도 있겠지.' 싶고, "아이, 같이 좀 가요!" 소리지고, 그에 눈길도 안 주고 바삐 걷는 어르신 부부를 보면 '속으로는 예전처럼 다정하게 손잡고 걷는 것을 바라고 계시지는 않을까?' 생각하게 된다. '저 어르신도 누군가를 보고 설렐까?', 술집 여기저기 붙어있는 맥주 광고 포스터를 보면서 '나는 맥주를 시원하게 들이켜는 저 남자 배우를 보면 가슴이 뛰는데, 저 할아버지는 소주병에 그려진 어린 여자 모델이 예쁘다고 생각하지 않을까?'

 이런 생각을 하다 보면 좀 쓸쓸해진다.

 나는 여전히 뭐든 다 할 수 있을 것 같은데, 나는 여전히 이렇게 뜨거운데.

 바람과는 다르게 나의 육체는 순리대로 쇠하고 부패하며 죽어간다.

서글프지만, 그래도 나는 알게 되지 않았나! 죽음을 기억하는 법을. 나의 죽음을 기억하는 것으로 나의 삶을 찬란하게 받아들일 수 있다는 것을 말이다.

나는…… 어린아이들이 아름답고, 10대 청소년에게서 눈부심을 느낀다. 20대의 젊은 활력에서 느껴지는 싱그러움에 감탄하고, 30대의 열정 어린 모습에서 삶에 대한 강렬한 의지와 희망을 엿본다. 50대의 안정감을 부러운 시선으로 바라보며, 60대의 기품에서 고급스러운 품위를 배운다. 70대의 심수(心受)를 통해 깊이 감동하고, 80대 삶의 흔적을 보며 실존적 성찰의 깊이를 깨닫는다.

나는 지나온 나의 시절과 같은, 또 겪어 내야 할 남은 시절과 같은, 그런 시절에 대한 깊은 사유를 추구한다.

눈에 넣어도 아프지 않을 사랑스러운 아이들에게 관심을 가질 것이다. 고립되거나 어려움을 겪는 이가 있는지 둘러볼 것이다.

치열하게 살았고, 아름다운 혜안을 가진 존경스러운 어

른들에 관심을 가질 것이다. 너무 춥거나 너무 덥지는 않은지 너무 많이 아프거나 너무 적적하거나 우울하지는 않은지 한 번씩 둘러볼 것이다.

몸이 좋지 않아 가끔 병원에 들르는 부모님의 소식을 들으면 덜컥 겁부터 나지만, 침착하게 상태를 묻고, 내가 할 수 있는 것을 고민할 것이다.

내가 할 수 있는 것을 하면서 삶을 자연스럽게 담담하게 받아들일 것이다.

나는 내 소중했던 물건을 정리하면서, 내 소중했던 지난 시간을 정리하면서 【에브리맨】에 적힌 늙음과 병듦과 죽음 앞에 무력한 기록을 통해 내게 더 중요한 것! 지금 내가 할 수 있는 것, 그런 것에 대해 숙고한다.

그렇게 삶은 여전하답니다.

어리석게 나는 이 책을 마무리할 때쯤에는 나의 인생 반성문을 완성할 수 있으리라 기대했다.

그리고 나의 삶이, 내 인생이 아주 달라지리라, 새롭게 만들어진 나를 살 수 있으리라 기대했다.

그런 일은 누구에게도, 절대 일어나지 않는다.

변화는 가능하겠지만, 초기화는 불가능한 것이다.

나는 여전히 넘어진다.

그래도 나는 일어나는 방법을 배웠다. 주저앉아 계속 울면서 누군가 일으켜 주기를 기다리고 있지 않는다.

상처가 났는지, 그 상처의 깊이는 얼마큼인지 가늠해 보고, 흙이 묻었다면 털고 일어난다.

상처에 약을 바르듯 내 마음을 가다듬는다.

그런데도…… 나는 여전히 매 순간 위태롭고, 쉽게 미혹되며 자꾸 흔들린다. 진심과 다르게 내뱉는 말로 누군가를 아프게 하고, 누군가의 마음에 없는 말에 상처받고 주저앉는다.

지금은 정반대의 생각을 할 수 있게 되었지만, 자주 '죽고 싶은' 삶을 살았고, '잘살아 보고 싶다'라고 생각할 수 있는데 24년이라는 시간이 필요했다.

아직 어른이 되지 못했는데도, 어른이라 불리는 나이가 되었으며 그때부터 '불행하다'라고 생각하며 살았다.

대체로 삶에 대한 지혜를 품게 되고, 옳고 그름에 대한 명확한 기준을 가질 수 있다고 하는 중년의 나이 마흔다섯 해. 영혼이 부러지는 것 같은 경험을 하고도 차마 죽지 못했다.

어디로 어떻게 무엇을 통해 살아가야 할지 찾아내지도 못했다. 가정을 꾸리면서 얻어지는 희생에 대해 배우지도 못했고, '내 것'이라 부를 만한 것을 갖추지도 못했다.

어리고, 어리석고, 가난하고, 한심했다.

쓸모없었다.

지금 이 순간에도 사람들은 죽어가고 있다. 1년에 1만 명이면, 하루에 27명꼴이다. 외상 시스템의 미비로 한 시간에 한 명이 넘게 죽고 있다.

【만약은 없다】 남궁인 지음 l 문학동네 펴냄

살고자 하는 이에게 죽음은 끔찍하도록, 가까이 도사린다. 감히 죽으려 하는 사람에게 삶은 끈질기게 놓아주지 않는 것으로 그 마음에 보복하는 것 같기도 하다. 죽음은 정말이지 공평하지가 않다.

삶은 또 얼마나 공평하지 않은지, '인생은 무작위로 삶에 던져지는 게임'이라고 말하기도 한다.

현실을 부정하면서 자꾸만 공평하기를 요구하는 사람들이 있다. 또 자신이 거머쥔 것이 자신의 능력이 아니라 순전히 운에 따른 것임에도 감사는 고사하고 그것을 이용해 누군가의 위에 군림하려 드는 사람들도 있다.

강자에게 한없이 비굴할 수 있고, 약자에게는 한치의 자비도 없는 부류의 사람들이 있다. 무엇도 뜻대로 되지 않는 암담한 상황에서 타인의 마음 따위 배려할 여력조차 없어 민폐를 반복하는 사람들도 물론 있다.

그 모든 불공평한 상황에서 '정의'라 포장한 막무가내로 순진한 사람들을 선동하는 사람들도 있다.

나는 이렇게 공평하지 않은 삶과 공평하지 않은 죽음 사이에서 살면서 감히 두 번이나 목숨을 빚졌고, 그 빚을 다

갚기 위해 살아가기로 한다.

공평하지 않은 죽음과 공평하지 않은 삶 사이에서 언제고 누군가로부터 "이제 되었다."라는 말을 들을 수 있을 때까지는 그렇게 빚을 갚듯이 착하게, 좋은 사람이 되면서 살아가야 한다.

내 나이 열넷에 미국의 록 밴드 '너바나(Nivana)'를 알게 되었고, 맨 앞에 서서 마이크를 잡고, 기타를 맨, 멋진 금발의 머리카락을 흩날리며 노래하는 커트 코베인(Kurt Cobain)에게 푹 빠져 사춘기를 보냈다.

요즘 세상에는 '웬 별나라 얘기인가?' 싶을 수 있지만, 그때(1994, 5년쯤) MTV 채널을 종일토록 들여다보다가 운 좋은 타이밍에 너바나의 공연 장면을 만나고, VHS 테이프에 그의 모습을 녹화할 수 있는 순간만을 위해 살았다. 많은 시간 기다림에 설레었으며, 환희에 찼다. 그의 브로마이드 화보 한 장을 얻기 위해 보름이 넘는 시간을 기다리며 값비싼 해외 우편을 이용해 보기도 했다. 그 모든 순간이 행복했다.

그리고 내 열다섯 나이에 그가 죽었다. 처음으로 누군가의 '죽음'에 대해 생각해 보게 된 경험이었을 것이다. 정확하지는 않지만 '슬픔'보다는 '낯섦'에 가까웠던 것으로 기억한다.

어떤 시절에 사랑했던 사람의 죽음을 전해 듣기도 했다. 가까이 지내지는 못했지만, 그리 멀어지지도 않았던 친척들의 죽음도 경험했다.

나는 그런 죽음에 대한 경험이 나를 어떻게 만들어 놓지는 못했다고 생각한다. 다만 어둠을 동경했고, 죽음을 미화해 이해했다. 극심한 인간 혐오를 경험했고, 허무주의에 빠졌었다.

어설피 '죽어버릴까?'하는 생각을 실행에 옮겼다가 감당하기 버거운 흉터와 내 사랑하는 사람들에게 씻을 수 없는 상처를 남겼다. 인간은 모두 죽는다기에 내게도 있을 죽음을 손꼽다가 많은 세월을 허송했다.

나는 가진 것이 없고, 내게 남은 것이 없다.

처절한 삶의 고통에서 벗어나고자 죽음을 꿈꿨다. 죽음이 내게 자유를 가져다줄 것이라고 오해했고, 죽음을 통해 고통에서 영원히 벗어날 수 있을지 모른다고 기대했다. 어느 것 하나 내 예상대로 되지 않았다.

그래도 괜찮다.

원망 섞인 마음이라도 담아, 어금니 꽉 깨물고 악착같이 살아내야 하는 이유를 배웠으니, 그것으로 되었다.

나는 여전히 많은 글과 그 글이 품은 문장들에 감동하지만, 그들과 씨름을 거듭한다. 울고 매달린다. 삶이 만들어내는 고통은…… 애석하게도 사는 동안 사라지지 않을 테니까. 숨이 끊어지는 그 순간마저도 고통스러울 테니까.

그래도 나는, 아주 작은 숨구멍 하나를 가지게 되었고, 꽤 잦은 빈도로 행복과 감사를 느낄 수 있는 감각을 배웠다. 엄청나게 빨갛고, "후릅~" 소리를 크게 만들 수 있도록 채소즙 풍부한 토마토를 잘 사 왔다. 기분이 좋은 것을 넘어 큰 행복을 느꼈다. 토마토와 맛이 조화롭게 어울리는 바질을 사러 나갔다가, 바질 씨앗과 화분 그리고 배양토를 사 왔다. 작고 소중하게, 수줍고 빼꼼하게 틔운 싹을 보고 환호했다.

크게 아파 2주가 넘게 병원 신세에 약을 달고 살았다. 지금은 아프지 않은 몸이 고맙다.

부쩍 뜨거워진 햇살에 손차양을 대 보면서도 행복하다.

자주, 몹시 행복하다.

나는, 또다시 자신을 넘어뜨릴 수도 있을 것이다. 그래도 나는 손 털고 일어나서 자신에게 사과할 수 있을 거라 믿는다. 나를 사랑해 주는 사람들과 내가 사랑하는 사람들을 의지하면서 살아갈 힘을 얻을 거라 믿어 의심치 않는다.

나를 넘어뜨린 나에게

초판 1쇄 발행 2024년 6월 20일

지 은 이   고현정
편   집   에픽스토리미디어허브
발 행 처   지오미디어
주   소   05544 서울시 송파구 올림픽로34길 5-13 903호
전   화   010-7900-1084
블 로 그   https://blog.naver.com/sabeck_400
인스타그램   @epicstorymediahub
I S B N   979-11-9790949-7-2

〔에픽스토리미디어허브〕는 지오미디어의 고유 브랜드입니다.